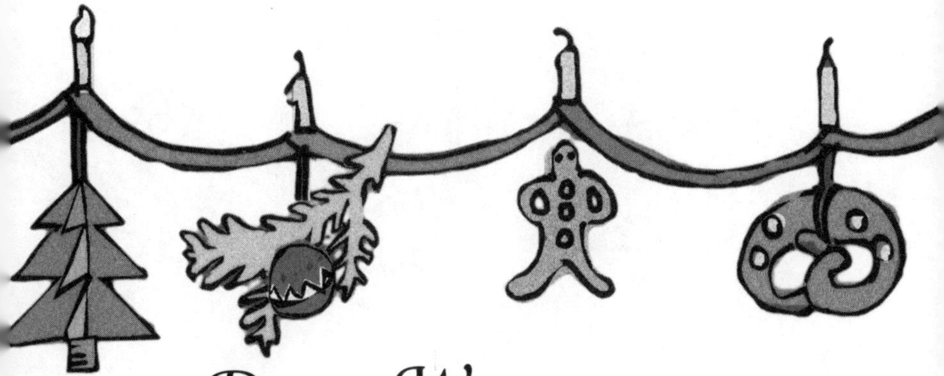

# Die schönsten Weihnachtsmärchen

# *Die schönsten* Weihnachtsmärchen

*zum Lesen und Hören*

Diederichs

Bibliografische Information der Deutschen Bibliothek

Die Deutsche Bibliothek verzeichnet diese Publikation
in der Deutschen Nationalbibliografie; detaillierte bibliografische
Daten sind im Internet unter http://dnb.ddb.de abrufbar.



Umschlaggestaltung: Eisele Grafik · Design, München
Produktion: Ortrud Müller
Satz: Nikolaus Hodina, München
Druck und Bindung: GGP Media GmbH, Pößneck
Printed in Germany 2005

ISBN 3-7205-2647-x

# Inhalt

# Knecht Ruprecht

Von drauß' vom Walde komm ich her,
Ich muss euch sagen, es weihnachtet sehr!
Allüberall auf den Tannenspitzen
Sah ich goldene Lichtlein sitzen;
Und droben aus dem Himmelstor
Sah mit großen Augen das Christkind hervor.

Und wie ich so strolcht' durch den finstern Tann,
Da rief's mich mit heller Stimme an:
»Knecht Ruprecht«, rief es, »alter Gesell,
Hebe die Beine und spute dich schnell!
Die Kerzen fangen zu brennen an,
Das Himmelstor ist aufgetan.

Alt' und Junge sollen nun
Von der Jagd des Lebens einmal ruhn;
Und morgen flieg ich hinab zur Erden;
Denn es soll wieder Weihnachten werden!«

Ich sprach: »O lieber Herre Christ,
Meine Reise fast zu Ende ist;
Ich soll nur noch in diese Stadt,
Wo's eitel gute Kinder hat.«

»Hast denn das Säcklein auch bei dir?«
Ich sprach: »Das Säcklein, das ist hier:
Denn Äpfel, Nuss und Mandelkern
Essen fromme Kinder gern.«

»Hast denn die Rute auch bei dir?«
Ich sprach: »Die Rute, die ist hier;
Doch für die Kinder nur, die schlechten,
Die trifft sie auf den Teil, den rechten.«
Christkindlein sprach: »So ist es recht!
So geh mit Gott, mein treuer Knecht!«

Von drauß' vom Walde komm ich her;
Ich muss euch sagen, es weihnachtet sehr!
Nun sprecht, wie ich's hier drinnen find!
Sind's gute Kind, sind's böse Kind?

*Theodor Storm*

# Vom Väterchen Nikolaus

In einer Stadt lebte ein diebischer Mensch, der schon viel Unheil angerichtet hatte. Einmal trug es sich zu, dass er einen Reichen bestahl. Man bemerkte jedoch sehr bald den Diebstahl und schickte ihm Verfolger nach. Lange flüchtete er durch einen Wald, doch hinter diesem Walde dehnte sich eine ebene Steppe mindestens zehn Werst weit. Als er durch den ganzen Wald gelaufen war, hielt er an und wusste nicht mehr weiter: Wird er durch die Steppe weiterlaufen, so werden sie ihn sofort fassen, weil dort auf zwei Werst weit alles zu sehen ist, und die Verfolger, hört er, sind schon nahe. Da begann er zu beten: »Herr, vergib meiner sündigen Seele! Väterchen, heiliger Nikolaus, verbirg mich, ich werde dir eine Kerze für eine ganze Griwna spenden!«

Plötzlich erschien vor ihm wie aus dem Boden gewachsen ein betagter Mann und fragte den Dieb: »Was hast du soeben gesprochen?« Der Dieb antwortete: »Das habe ich gesprochen: ›Heiliges Väterchen Nikolaus, verbirg mich in diesem Dickicht!‹ Und ich gelobte, ihm eine Kerze aufzustellen.« Nun gestand er dem Alten seine Sünde. Der Greis sagte zu ihm: »Wenn du willst, so krieche in diesen Kadaver!« Denn unweit von dort lag ein Aas. Dem Dieb blieb nichts anderes übrig, er musste ins Aas kriechen, denn gefangen werden wollte er nicht. Er kroch also hinein, und im gleichen Augenblick war der Alte nicht mehr sichtbar. Dieser Greis war nämlich der heilige Nikolaus selbst.

Da nahten schon die Verfolger. Sie ritten vielleicht eine halbe Werst weit auf die Steppe hinaus – doch da sie niemanden erblickten, kehrten sie wieder um. Der Dieb aber lag im Aas versteckt, kaum konnte er atmen, so stinkend war da die Luft! Als die Verfolger vorübergeritten waren, kroch er hinaus und erblickte wieder denselben Greis, der stand unweit und sammelte Wachs. Der Dieb ging auf ihn zu und bedankte sich für die Errettung. Da fragte der Alte wieder: »Was hast du dem Väterchen Nikolaus gelobt, als du eine Zuflucht suchtest?« Der Dieb antwortete: »Ich gelobte, eine Kerze für eine Griwna zu kaufen.« – »Das ist es ja gerade! So wie es dir zum Ersticken war, im Kadaver zu liegen, so wäre auch deine Kerze dem Väterchen Nikolaus zum Ersticken.« Und der Greis erteilte ihm die Belehrung: »Bitte niemals den Herrgott und seine heiligen Diener, in bösen Taten zu helfen, denn der Herr segnet keine bösen Werke. Merke dir und behalte meine Worte und erzähle sie auch den anderen, damit sie nicht Gottes Hilfe in bösen Werken erflehen mögen!« So sprach er und entschwand ihm aus den Augen.

*Ein Märchen aus Russland*

# Nikolaus der Wundertäter

Es waren einmal zwei Brüder, der eine war reich und der andere arm. Der Arme hatte eine große Familie, und zu essen gab es nichts mehr. Da ging er zum Bruder und bat ihn um Mehl; doch der schlug es ihm ab. Der Arme nahm ein Bild von Nikolaus dem Wundertäter und brachte es dem Reichen als Pfand. Der Bruder traute ihm nicht und fragte: »Wer wird für dich bürgen?« Da antwortete das Heiligenbild: »Ich bürge für ihn.« Der Reiche verwunderte sich darob, aber nahm das Bild an und gab dafür einen Sack Mehl.

Ein Jahr verging, ein zweites und ein drittes, aber der Arme zahlte dem Bruder die Schuld nicht zurück. »Welch ein Betrüger ist doch der Heilige!«, dachte der Bruder, »und dabei hat er noch gesagt, er verbürge sich.« Er nahm das Heiligenbild, brach sich Ruten ab und trug das Bild hinaus auf das Feld, um es dort zu prügeln. Unterwegs begegnete ihm ein Kaufmannssohn und fragte, wohin er das Bild trage: Der Reiche erklärte es ihm. Da bat jener, er möge ihm den wundertätigen Nikolaus verkaufen, gab zwei Sack Mehl für ihn und trug ihn heim. Seine Mutter lobte ihn für die gute Tat, und sie hängten das Bild auf.

Zu dieser Zeit musste der Kaufmann mit seinen Schiffen in ein anderes Zarenreich fahren; drei seiner Onkel hatten sich schon mit ihren Waren auf die Reise gemacht und nicht auf ihn gewartet. Da wollte er einen Aufseher in seinen Dienst nehmen und fand auch einen. Die Mutter schenkte dem Aufseher ein Ei und sagte, er solle es zusammen mit ihrem Sohn verspeisen. Jener schnitt das Ei in die Hälfte, aber die größere nahm er für sich, die kleinere gab er dem Hausherrn. Da befahl die Mutter, diesen Mann laufen zu lassen, und sagte: »Er sorgt mehr für sich, als für seinen Herrn.« Der Kaufmann suchte nun so lange einen Aufseher, bis er einen solchen fand, der die größere Hälfte vom Ei seinem Herrn gab und die kleinere für sich selber nahm.

Sie machten sich dann auf und fuhren ab. Auf dem Meere kamen sie an einer Insel vorbei, und auf der Insel erblickten sie einen alten Mann, der bat sie, ihn auf ihr Schiff hinüberzuholen, und das taten sie auch. Dann fuhren sie in das fremde Zarenreich und handelten so glücklich, dass sie das Geld nicht mehr zu zählen vermochten. Der Zar in dem Lande hatte eine Tochter, die war einmal in ihrer Kindheit von ihm verflucht worden; sie starb darauf und lag schon lange in der Kirche im Sarge. Jede Nacht gingen die Leute einer nach dem andern zu ihr, den Psalter zu lesen, und alle fraß sie auf. So kam auch die Reihe an einen der Onkel des Kaufmannssohnes. Was sollte er tun? Sterben wollte er nicht, aber fortbleiben durfte er nicht. Da bat er den Neffen, für ihn zu wachen. Der ging aber vorher zum Alten und holte sich von ihm Rat, und der Alte sagte ihm, er solle dafür von dem Onkel zwei Schiffe mit Waren verlangen, gab ihm auch ein Buch und ein Stück Kohle und befahl ihm, sich in der Kirche nicht umzuschauen. Der Neffe tat, wie er ihm geraten hatte, las in der Nacht den Psalter am Lesepult in der Kirche und zeichnete um sich herum mit der Kohle einen Kreis. Um Mitternacht aber, da stieg die Zarentochter aus dem Grabe und fing an, mit den Zähnen zu knirschen. »Ha! Jetzt bist du mir verfallen!« Doch sie konnte auf keine Art in den aufgezeichneten

Kreis hineingelangen. Sie wand sich und mühte sich, bis ihre Zeit herum war und sie dort am Kreise niederfiel. Der Neffe aber las immerzu; am Morgen hob er die Zarentochter auf, legte sie zurück in den Sarg und ging selber nach Hause. Sie alle, das Volk und der Zar, staunten, dass er am Leben geblieben war. Der Onkel jedoch musste ihm zwei Schiffe geben; die Waren gingen rasch ab, und Geld hatte er nun scheffelweis.

In der nächsten Nacht kam die Reihe an den zweiten Onkel, in der übernächsten an den dritten; der Neffe nahm von ihnen je zwei Schiffe und wachte unbeschadet. Endlich, in der vierten Nacht, musste er für sich selber Wache halten. Da gab ihm der Alte drei eiserne, drei kupferne und drei stählerne Ruten und sprach zu ihm: »Zwing sie, ein Vaterunser zu beten, und sobald sie ins Stocken gerät, prügle sie mit den Ruten.« Der Kaufmannssohn ging zur Nacht in die Kirche, zeichnete den Kreis um sich herum und las. Die Zarentochter sprang um Mitternacht aus dem Grabe und fing an zu wüten, noch ärger als in den ersten drei Nächten. Sie hatte mit einem Mal Ofenkrücken in den Händen und zerrte ihn damit fast aus dem Kreise heraus; rundherum aber tobten zahllose Teufel und machten fürchterlichen Lärm. Endlich blieb die Zarentochter ganz ermattet stehn, aber fiel nicht um. Da zwang sie der Kaufmannssohn, das Vaterunser zu beten. Und wie sie nun anfing und dann stecken blieb, schlug er mit den eisernen Ruten auf sie ein. Danach musste sie aber weiterlesen, kam bis zur Hälfte und stockte abermals; da prügelte er sie aufs Neue mit den kupfernen Ruten. Und wieder zwang er sie weiterzulesen, und sie war noch nicht zu Ende gelangt, als sie nochmals ins Stocken geriet: da schlug er sie mit den stählernen Ruten. Dann las sie jedoch richtig bis zum Schluss. Der Morgen war schon angebrochen, und hinter den Türen fragten die Leute einander: »Lebt er wohl noch?« Und als sie zwei Stimmen hörten, wunderten sie sich: »Was soll das bedeuten?« Sie öffneten die Tür und sahen den Kaufmannssohn und die Zarentochter beieinander. Gleich meldeten sie's dem Zaren. Der freute sich darüber sehr und gab dem Kaufmannssohn seine Tochter zur Frau.

Die Waren hatten sie inzwischen verkauft, und es war Zeit heimzukehren. Der Alte aber sagte dem Kaufmannssohn, dass er seiner Frau des Nachts nicht eher beiwohnen solle, bis er es ihm erlauben würde. Sie fuhren nun auf ihren Schiffen und kamen zu jener Insel. Da sprach der Alte: »Jetzt wollen wir unsern Verdienst teilen.« Sie legten ihre Millionen auf zwei Hälften, und dann sollte auch die Frau geteilt werden. Der Jüngling betrübte sich gar sehr, aber es war nichts zu machen, so hatten sie es vorher verabredet, und er willigte schließlich ein. Der Alte nahm einen Säbel und hieb die Zarentochter in zwei Hälften: da krochen aus ihrem Leibe allerhand Ungeziefer und Schlangen; das waren aber alles Teufel. Der Alte reinigte den Leib und besprengte ihn mit Wasser, da wuchs er zusammen, und die Zarentochter ward wieder lebendig. »Hier hast du deine wahre Frau«, sprach der Alte, »leb du mit ihr und nimm alles Geld, ich bedarf dessen nicht.« Nur drei Kopeken nahm er mit sich, und dann verschwand er plötzlich, keine Spur war mehr von ihm zu sehn. Dem Kaufmannssohn war es leid um den Alten, er hatte ihn lieb gewonnen wie einen Vater, aber da ließ sich nichts tun, und er reiste heim. Zu Hause erzählte er der Mutter von ihm, berichtete, was ihm begegnet war, und bedauerte den Alten. Die Mutter aber sprach zu ihm: »Warum dachtest du nicht an den wundertätigen Nikolaus? Hättest du ihm doch vorher eine Kerze geweiht.« Da besann er sich darauf und ging zu dem Heiligenbild, dort brannte aber schon eine Kerze für drei Kopeken. Sie fragten herum, wer sie wohl gestiftet habe, denn der Heilige hätte eine für einen Rubel haben sollen, doch niemand bekannte sich dazu. Da erriet er, dass der Alte der heilige Nikolaus, der Wundertäter, gewesen war und für jene drei Kopeken sich selbst eine Kerze aufgestellt hatte. Sie ließen die Kerze brennen, und mit all dem Gut, das sie erworben hatten, lebten sie glücklich und zufrieden.

*Ein Märchen aus Russland*

# Das Nikolausgeschenk

Es war einmal eine reiche Bäuerin, die war sehr jung Witwe geworden. Zuerst wollte sie nichts davon wissen, wieder zu heiraten, denn sie befürchtete, dass die Heiratskandidaten eher von ihrem Geld und dem Bauernhof als von ihren hübschen blauen Augen angelockt würden.

Sie betreute den Hof alleine mit einem Knecht, einem ruhigen, aber zuverlässigen jungen Mann, der nur ein paar Jahre jünger war als sie. Sie mochte ihn sehr gern, konnte übrigens auch schwer ohne ihn auskommen, und es kam so weit, dass sie ihn eigentlich wohl zu heiraten wünschte. Aber wie sollte sie ihm das deutlich machen? Sie als Frau konnte ihn schwerlich selbst fragen, und er ließ sich nichts anmerken. Nicht, dass er nicht wollte, aber dass ein Knecht sein Glück bei einer Bäuerin versuchte, das kam damals in dieser Gegend überhaupt nicht vor. Sogar in seinen kühnsten Träumen würden ihm nie solche Gedanken gekommen sein.

Und so geschah nichts. Dann kam der Dezember. Neckend sagte die Bäuerin dem Knecht, er sollte doch wie früher die Holzschuhe mal an den Kamin stellen. Es könne ja sein, dass Sankt Nikolaus heuer noch etwas für ihn im Sack habe.

Der Knecht hielt nichts davon; alles nur Blödsinn. Aber sie redete so lange auf ihn ein, dass er schließlich nachgab. Die Bäuerin war die Herrin, nicht wahr?

So kamen die Holzschuhe vor den Kamin.

Als er am nächsten Morgen für eine Tasse Tee in die Küche kam, hatte er das alles schon wieder vergessen – bis er seine Bäuerin sah. Die stand mehr als verlegen mit einem knallroten Kopf barfuß in seinen, ihr viel zu großen Holzschuhen. Sie brauchte jedoch nichts zu sagen. Er verstand den Wink, und acht Wochen später war er der Bauer.

*Ein Märchen aus Friesland*

# Advent

Es treibt der Wind im Winterwalde
Die Flockenherde wie ein Hirt,
Und manche Tanne ahnt, wie balde
Sie fromm und lichterheilig wird,

Und lauscht hinaus. Den weißen Wegen
Streckt sie die Zweige hin – bereit
Und wehrt dem Wind und wächst entgegen
Der einen Nacht der Herrlichkeit.

*Rainer Maria Rilke*

# Der Tannenbaum

Draußen im Wald stand ein ganz reizender Tannenbaum. Er hatte einen guten Platz, ließ sich von der Sonne bescheinen, Luft gab es genug, und rundherum wuchsen viele größere Kameraden, Tannen und auch Fichten. Doch der kleine Tannenbaum wollte so brennend gern wachsen; er dachte weder an die warme Sonne noch an die frische Luft, er machte sich auch nichts aus den Bauernkindern, die mit leisem Geplauder im Wald Erdbeeren und Himbeeren sammelten.

Oft, wenn sie einen ganzen Krug gefüllt oder Erdbeeren auf Halme gezogen hatten, setzten sie sich zu ihm und sagten: »Nein, wie hübsch klein der ist!« Das hörte der Tannenbaum gar nicht gern.

Im Jahr darauf war er um einen langen Trieb gewachsen, und im nächsten Jahr um einen weiteren; bei einem Tannenbaum kann man stets an der Zahl der Triebe sehen, wie viele Jahre er alt ist.

»Ach, wäre ich doch so ein großer Baum wie die andern!«, seufzte der kleine Baum, »dann könnte ich meine Zweige ganz weit ausbreiten und mit dem Wipfel in die weite Welt hinausschauen! Die Vögel würden in meinen Zweigen Nester bauen, und bei Wind könnte ich so vornehm nicken wie die andern dort!«

Er hatte gar keine Freude am Sonnenschein, an den Vögeln oder an den roten Wolken, die morgens und abends über ihn hinsegelten.

Wenn es nun Winter war und der weiße Schnee ringsum glitzerte, dann kam oft ein Hase gehoppelt und sprang geradewegs über hinweg – ach, war das ärgerlich! Aber zwei Winter vergingen, und im dritten war er schon so groß, dass der Hase um ihn herumlaufen musste. »Oh, wachsen, wachsen, groß und alt werden, das ist doch das einzig Schöne auf dieser Welt!«, dachte der Baum.

Im Herbst kamen stets Holzfäller und fällten einige der größten Bäume, das geschah jedes Jahr, und der junge Tannenbaum, der jetzt eine ansehnliche Höhe erreicht hatte, bebte, wenn die großen, prächtigen Bäume krachend und dröhnend zu Boden fielen. Die Zweige wurden ihnen abgeschlagen, nun waren sie ganz nackt, lang und schmal und kaum wiederzuerkennen, dann aber wurden sie auf Wagen geladen und von Pferden aus dem Wald gezogen.

Wo fuhren sie hin? Was stand ihnen bevor?

Im Frühjahr kehrten Storch und Schwalbe zurück, und der Baum fragte sie: »Wisst ihr nicht, wo sie hingebracht wurden? Seid ihr ihnen nicht begegnet?«

Die Schwalben wussten nichts, doch der Storch zog eine bedenkliche Miene, nickte und sagte: »Ich glaube schon! Auf meinem Flug von Ägypten hierher habe ich viele neue Schiffe gesehen; sie hatten prächtige Mastbäume, und ich wage zu behaupten, dass sie nach Tanne rochen; sie lassen vielmals grüßen und tragen den Kopf hoch, sehr hoch!«

»Ach, wäre ich doch auch so groß, dass ich über das Meer fliegen könnte! Wie ist es eigentlich, dieses Meer, wem sieht es ähnlich?«

»Ja, das ist ein zu weites Feld!« sagte der Storch und ging davon.

»Freu dich an deiner Jugend!«, sagten die Sonnenstrahlen. »Freu dich an deinem frischen Wuchs, am jungen Leben, das in dir ist!«

Und der Wind küsste ihn, und der Tau weinte über ihn Tränen, aber das verstand der Tannenbaum nicht.

Wenn es auf Weihnachten zuging, dann wurden ganz junge Bäume gefällt, Bäume, die häufig weder so groß noch so alt wie der Tannenbaum waren, der weder Rast noch Ruhe hatte und ständig an Fernweh litt. Diese jungen Bäumchen, und es waren gerade die allerschönsten, durften alle ihre Zweige behalten, sie wurden auf Wagen geladen und von Pferden aus dem Wald gezogen.

»Wo sollen sie hin?«, fragte der Tannenbaum. »Sie sind nicht größer als ich, einer war sogar noch viel kleiner. Warum behalten sie alle ihre Zweige? Wo fahren sie nur hin?«

»Das wissen wir, das wissen wir!«, zwitscherten die Spatzen. »Wir waren in der Stadt und haben durch die Fensterscheiben geguckt. Wir wissen, wo sie hinfahren. Oh, sie erleben die größte Pracht und Herrlichkeit, die man sich denken kann! Wir haben hinter den Fenstern gesehen, wie sie mitten in die warme Stube gepflanzt und mit den prächtigsten Dingen geschmückt wurden, mit vergoldeten Äpfeln, Honigkuchen, Spielzeug und vielen hundert Lichtern!«

»Und dann –?«, fragte der Tannenbaum und zitterte an allen Zweigen. »Und dann? Was geschieht dann?«

»Mehr haben wir nicht gesehen. Es war unvergleichlich!«

»Ob ich wohl dazu geboren bin, diesen glänzenden Weg zu gehen?«, jubelte der Baum. »Das ist noch besser, als über das Meer zu fahren. Wie ich an Sehnsucht leide! Wenn doch nur Weihnachten wäre! Jetzt bin ich groß und breit wie die andern, die man im letzten Jahr weggebracht hat. – Ach, wäre ich doch schon auf dem Wagen! Wäre ich doch in der warmen Stube mit all dieser Pracht und Herrlichkeit! Und dann? – Ja, dann kommt etwas noch Besseres, noch Schöneres, denn warum sollten sie mich sonst so schmücken? Es muss etwas noch Größeres, noch Herrlicheres kommen! Aber was? Ach, ich leide! Ich habe Sehnsucht! Ich weiß selbst nicht, was mit mir los ist!«

»Freu dich an mir!«, sagten Luft und Sonnenlicht. »Freu dich an deiner frischen Jugend im Freien!«

Aber das Bäumchen freute sich gar nicht; es wuchs und wuchs, war im Winter wie im Sommer grün, dunkelgrün, und die Leute sagten bei seinem Anblick: »Das ist ein prächtiger Baum!«

Als nun das Weihnachtsfest nahte, wurde es als Erstes von allen gefällt. Die Axt traf den Baum tief ins Mark, er fiel mit einem Seufzer zu Boden, er fühlte Schmerz, eine Ohnmacht, und an irgendein Glück konnte er gar nicht denken. Es betrübte ihn, dass er die Heimat verlassen musste, jenen Fleck, an dem er aufgewachsen war; niemals, das wusste er, würde er die lieben alten Kameraden wiedersehen, die kleinen Büsche und Blumen ringsum, ja vielleicht nicht einmal die Vögel. Die Abreise war gar nicht angenehm.

Der Baum kam erst wieder zu sich, als er mit den anderen Bäumen im Hof abgeladen war und einen Mann sagen hörte: »Der da ist prächtig! Wir können nur den gebrauchen.«

Nun kamen zwei Diener in voller Montur und trugen ihn in einen großen, prächtigen Saal. Überall an den Wänden hingen Porträts, und neben dem hohen Porzellankachelofen standen große chinesische Vasen mit Löwen auf dem Deckel; da waren Schaukelstühle, seidene Sofas, große Tische voller Bilderbücher und Spielzeug für hundertmal hundert Reichstaler – wenigstens sagten das die Kinder. Und der Tannenbaum wurde in eine sandgefüllte Tonne gestellt, doch niemand konnte sehen, dass es eine Tonne war, denn sie war mit grünem Stoff bekleidet und stand auf einer großen bunten

Decke. Oh, wie der Baum bebte! Was würde jetzt wohl geschehen? Diener und Fräulein waren damit beschäftigt, ihn zu schmücken. An einen Zweig kamen kleine Netze, jedes aus Buntpapier geschnitten und mit Zuckerwerk gefüllt; sie behängten ihn mit vergoldeten Äpfeln und Walnüssen, die wie festgewachsen aussahen, und dann steckten sie ihm über hundert rote, blaue und weiße kleine Lichter auf die Zweige. Puppen, die leibhaftigen Menschen glichen – dergleichen hatte der Baum noch nie gesehen –, schwebten im Grünen, und ganz oben im Wipfel glänzte ein großer Stern aus Flittergold. Es war prachtvoll, ganz unbeschreiblich prachtvoll.

»Heute Abend«, sagten alle, »heute Abend soll er strahlen!«

»Ach«, dachte der Baum, »wenn es doch schon Abend wäre! Würden nur bald die Lichter angezündet! Und was wird dann wohl geschehen? Ob aus dem Wald Bäume kommen, um mich zu besichtigen? Ob die Spatzen an die Fensterscheiben fliegen? Ob ich wohl festwachse und Winter und Sommer geschmückt hier stehen soll?«

Ja, er kannte sich gut aus! Aber vor lauter Sehnsucht hatte er auch ordentlich Borkenschmerzen, und Borkenschmerzen sind für einen Baum genauso schlimm wie Kopfschmerzen für uns andere.

Jetzt wurden die Lichter angezündet. Welch ein Glanz, welch eine Pracht! Dabei erbebte der Baum so sehr an allen Zweigen, dass eins seiner Lichter das Grün anzündete – es brannte ordentlich.

»Um Himmels willen!«, schrien die Fräulein und löschten schleunigst.

Da wagte der Baum nicht einmal mehr zu beben. Ach, es war ein Graus! Er hatte große Angst, etwas von all seinem Staat zu verlieren, und war von all dem Glanz ganz verwirrt. – Und nun gingen beide Flügeltüren auf, und viele Kinder stürmten herein, als wollten sie den ganzen Baum umwerfen;

die älteren Leute folgten bedächtig nach. Die Kleinen blieben stumm stehen, doch nur einen Augenblick, dann jubelten sie, dass es widerhallte. Sie tanzten um den Baum herum, und ein Geschenk nach dem anderen wurde abgepflückt.

»Was tun sie da nur?«, dachte der Baum. »Was wird jetzt wohl geschehen?« Und die Lichter brannten fast bis auf die Zweige herunter und wurden eins nach dem andern gelöscht, und dann durften die Kinder den Baum plündern. Oh, sie stürzten auf ihn los, dass es in all seinen Zweigen knackte; wenn die Spitze und der Goldstern nicht an der Decke befestigt gewesen wären, dann wäre er umgekippt.

Die Kinder tanzten mit ihrem prächtigen Spielzeug herum, niemand kümmerte sich um den Baum, nur das alte Kindermädchen guckte zwischen die Zweige, aber sie wollte nur nachsehen, ob da nicht vielleicht eine Feige oder ein Apfel vergessen war.

»Eine Geschichte! Eine Geschichte!«, riefen die Kinder und zerrten einen dicken kleinen Mann bis zum Baum, und er setzte sich direkt darunter.

»So sind wir nämlich im Grünen«, sagte er, »und dem Baum kann es nur gut tun, wenn er zuhört. Ich erzähle aber nur eine Geschichte. Wollt ihr die von Ivede-Avede oder die von Klumpe-Dumpe, der die Treppe hinunterfiel und doch den Thron bestieg und die Prinzessin bekam?«

»Ivede-Avede!«, schrien einige.

»Klumpe-Dumpe!«, schrien andere. Es gab ein Geschrei und Gerufe, nur der Tannenbaum schwieg ganz still und dachte: »Soll ich denn gar nicht dabei sein, soll ich denn gar nichts tun?« Er war ja dabei gewesen und hatte getan, was er sollte.

Und der Mann erzählte von Klumpe-Dumpe, der die Treppe hinunterfiel und doch den Thron bestieg und die Prinzessin bekam. Die Kinder klatschten in die Hände und riefen: »Erzähl! Erzähl!« Sie wollten auch »Ivede-Avede« hören, aber es blieb bei der Geschichte von »Klumpe-Dumpe«. Der Tannenbaum stand still und nachdenklich da, so etwas hatten die Vögel im Wald niemals erzählt. »Klumpe-Dumpe fiel die Treppe hinunter und bekam doch die Prinzessin! Ja, ja, so geht es zu auf der Welt!«, dachte er und hielt alles für Wirklichkeit, denn der Mann, der es erzählte, war ein so netter Mann. »Ja, ja, wer weiß! Vielleicht falle ich auch die Treppe hinunter und bekomme eine Prinzessin.« Und er freute sich darauf, am nächsten Tag wieder mit Lichtern und Spielzeug, Gold und Früchten bekleidet zu werden.

»Morgen will ich nicht zittern!«, dachte er. »Ich will mich recht an all meiner Herrlichkeit freuen. Morgen werde ich wieder die Geschichte von Klumpe-Dumpe hören und vielleicht auch die von Ivede-Avede.« Und der Baum stand die ganze Nacht still und nachdenklich da.

Am Morgen erschienen Knecht und Dienstmagd.

»Jetzt beginnt die Pracht von neuem!«, dachte der Baum. Aber sie schleppten ihn aus der Stube, die Treppe hinauf und auf den Boden, und dort stellten sie ihn in einen finsteren Winkel, wohin kein Tageslicht fiel.

»Was hat das zu bedeuten?«, dachte der Baum. »Was soll ich hier tun? Was werde ich hier zu hören bekommen?« Und er lehnte sich gegen die Mauer und dachte und dachte. – Und dafür hatte er viel Zeit, denn es vergingen Tage und Nächte, niemand kam auf den Boden, und wenn doch endlich jemand kam, dann nur, um ein paar große Kisten in den Winkel zu stellen. Der Baum stand ganz verborgen, man hatte ihn wohl ganz und gar vergessen.

»Jetzt ist draußen Winter«, dachte der Baum. »Die Erde ist hart und mit Schnee bedeckt, die Menschen können mich nicht pflanzen; deshalb soll ich hier wohl geschützt bis zum Frühjahr stehen. Wie wohl bedacht das ist! Wie gut die Menschen doch sind! – Wenn es hier nur nicht so dunkel und so entsetzlich einsam wäre! Nicht einmal ein kleiner Hase! Es war doch so hübsch draußen im Wald, wenn Schnee lag und der Hase vorüberhoppelte; ja, auch dann noch, als er über mich weg sprang, obwohl ich das damals gar nicht mochte. Hier oben ist es doch entsetzlich einsam!«

»Piep, piep«, sagte ein Mäuschen, das in diesem Moment aus seinem Loch schlüpfte, und dann kam noch eins. Sie beschnupperten den Tannenbaum und huschten in seinen Zweigen herum.

»Die Kälte ist grässlich«, sagten die Mäuschen. »Sonst ist das ja ein guter Ort, nicht wahr, du alter Tannenbaum?«

»Ich bin gar nicht alt!«, sagte der Tannenbaum. »Andere sind viel älter als ich.«

»Wo kommst du her?«, fragten die Mäuse. »Und was weißt du?« Sie waren so schrecklich neugierig. »Erzähl uns doch von dem schönsten Ort auf Erden! Bist du da gewesen? Bist du in der Speisekammer gewesen, wo Käselaibe in den Regalen liegen und Schinken unter der Decke hängen, wo man auf Talglichtern tanzt, mager hineingeht und fett herauskommt?«

»Das kenne ich nicht«, sagte der Baum, »aber den Wald kenne ich, wo die Sonne scheint und die Vögel singen.« Und dann erzählte er alles aus seiner Jugend, und so etwas hatten die Mäuschen noch nie gehört, und sie spitzten die Ohren und sagten: »Nein, wie viel du gesehen hast! Wie glücklich du gewesen bist!«

»Ich!«, sagte der Tannenbaum und dachte darüber nach, was er selber erzählte. »Ja, im Grunde waren es ganz lustige Zeiten!« – Dann aber erzählte er vom Weihnachtsabend, als er geschmückt war mit Gebäck und Lichtern.

»Oh«, sagten die Mäuschen, »wie glücklich du gewesen bist, du alter Tannenbaum!«

»Ich bin gar nicht alt!«, sagte der Baum. »Ich bin doch erst diesen Winter aus dem Wald gekommen, ich bin in meinem allerbesten Alter, ich bin nur in meiner Entwicklung zurückgeblieben!«

»Wie schön du erzählst!«, sagten die Mäuschen, und in der nächsten Nacht brachten sie vier weitere Mäuschen mit, die sich den Baum anhören sollten, und je mehr der erzählte, umso deutlicher konnte er sich an alles erinnern, und er fand: »Das waren doch ganz lustige Zeiten! Aber sie können wiederkehren, sie können wiederkehren! Klumpe-Dumpe fiel die Treppe hinunter und bekam doch die Prinzessin, vielleicht kann ich auch eine Prinzessin bekommen.« Und dann dachte er an so eine kleine hübsche Birke, die draußen im Wald wuchs und für den Tannenbaum wirklich eine schöne Prinzessin gewesen wäre.

»Wer ist Klumpe-Dumpe?«, fragten die Mäuschen.

Und da erzählte der Tannenbaum das ganze Märchen, er wusste noch jedes einzelne Wort; und die Mäuschen wären vor lauter Vergnügen beinah bis in seinen Wipfel gesprungen.

In der nächsten Nacht kamen noch viel mehr Mäuse und am Sonntag sogar zwei Ratten; aber die fanden die Geschichte gar nicht lustig, und das betrübte die Mäuschen, denn nun gefiel sie ihnen auch nicht mehr so gut.

»Können Sie nur diese eine Geschichte?«, fragten die Ratten.

»Nur diese eine!«, antwortete der Baum. »Ich habe sie an meinem glücklichsten Abend gehört, aber damals dachte ich nicht daran, wie glücklich ich war.«

»Das ist eine äußerst schlechte Geschichte! Können Sie keine mit Speck und Talglichtern? Keine Speisekammer-Geschichte?«

»Nein!«, sagte der Baum.

»Na, dann vielen Dank!«, antworteten die Ratten und gingen ihrer Wege.

Schließlich blieben auch die Mäuschen weg, und da seufzte der Baum: »Es war doch ganz nett, als sie alle um mich herumsaßen, die flinken Mäuschen, und mir zuhörten. Nun ist auch das vorbei. – Aber wenn ich dann wieder vorgeholt werde, will ich nicht vergessen, mich zu freuen!«

Wann aber sollte das geschehen? – Doch, eines Morgens, da kamen Leute die Treppe herauf und rumorten, rückten die Kisten beiseite und zogen den Baum hervor. Freilich warfen sie ihn etwas hart auf den Boden, doch ein Knecht schleppte ihn zur Treppe, und dort leuchtete der helle Tag.

»Jetzt fängt das Leben wieder an!«, dachte der Baum. Er spürte die frische Luft, den ersten Sonnenstrahl – und dann war er draußen im Hof. Alles ging so geschwind, dass er vollkommen vergaß, sich selbst zu betrachten, so vieles gab es ringsum zu sehen. Der Hof grenzte an einen Garten, und alles dort stand in Blüte; die Rosen hingen so frisch und duftend über den niedrigen Zaun, die Linden blühten, und die Schwalben flogen herum und sagten: »Kwirre-wirre-wit, mein Mann ist gekommen!« Aber sie meinten nicht den Tannenbaum damit.

»Jetzt werde ich leben!«, jubelte er und breitete weit seine Zweige aus – ach, sie waren alle verdorrt und verwelkt, er lag im Winkel zwischen Unkraut und Nesseln. Der Goldpapierstern saß noch in seinem Wipfel und glitzerte im hellen Sonnenschein. Auf dem Hof spielten ein paar von den lustigen Kindern, die am Weihnachtsabend um den Baum herumgetanzt waren und sich so über ihn gefreut hatten. Eins der kleinsten riss ihm nun rasch den Goldstern ab.

»Guckt mal, was da noch an dem hässlichen alten Weihnachtsbaum war!«, sagte der Junge und trampelte auf den Zweigen, dass sie unter seinen Stiefeln knackten.

Und der Baum sah auf all die Blumenpracht und Frische des Gartens, er sah sich selbst an und wünschte, er wäre in seinem dunklen Winkel auf dem Boden geblieben. Er dachte an seine frische Jugend im Wald, an den lustigen Weihnachtsabend und an die Mäuschen, die sich so vergnügt die Geschichte von Klumpe-Dumpe angehört hatten.

»Vorbei! Vorbei!«, sagte der arme Baum. »Hätte ich mich doch gefreut, als ich es konnte! Vorbei! Vorbei!«

Und der Knecht kam und hackte den Baum in kleine Stücke, bis ein ganzer Haufen dalag. Herrlich loderte er unter dem großen Braukessel auf, und dabei seufzte er ganz tief, jeder Seufzer war wie ein kleiner Schuss. Deshalb eilten die spielenden Kinder herbei, setzten sich vor das Feuer, schauten hinein und riefen: »Piff! Paff!« Doch bei jedem Knall, der ein tiefer Seufzer war, dachte der Baum an einen Sommertag im Wald, an eine Winternacht im Sternenschein. Er dachte an den Weihnachtsabend und an Klumpe-Dumpe, das einzige Märchen, das er gehört hatte und zu erzählen wusste – und dann war er verbrannt.

Die Jungen spielten im Hof, und der kleinste hatte sich den Goldstern an die Brust geheftet, den der Baum an seinem glücklichsten Abend getragen hatte. Der war jetzt vorbei, und mit dem Baum war es vorbei, und mit der Geschichte auch – vorbei, vorbei, so geht es mit allen Geschichten!

*Hans Christian Andersen*

# Weihnachtslied

Vom Himmel in die tiefsten Klüfte
Ein milder Stern herniederlacht;
Vom Tannenwalde steigen Düfte
Und hauchen durch die Winterlüfte,
Und kerzenhelle wird die Nacht.

Mir ist das Herz so froh erschrocken,
Das ist die liebe Weihnachtszeit!
Ich höre fernher Kirchenglocken
Mich lieblich heimatlich verlocken
In märchenstille Herrlichkeit.

Ein frommer Zauber hält mich wieder,
Anbetend, staunend muss ich stehn;
Es sinkt auf meine Augenlider
Ein goldner Kindertraum hernieder,
Ich fühl's, ein Wunder ist geschehn.

*Theodor Storm*

# Eine Weihnachtsgeschichte

Mein Großvater hat mir diese Geschichte erzählt: Vor langer, langer Zeit lebte einmal ein Arzt im Norden unseres Landes. Er wohnte in einem kleinen Dorf und betreute die Leute eines größeren Landstriches. Überall war er sehr beliebt, denn er war unermüdlich und immer freundlich und verstand sich vor allem mit den Kindern sehr. Am Rande seines Dorfes ließ er sich ein schönes Haus bauen, und dort lebte er zusammen mit einer alten Haushälterin und einem Kutscher, denn er war unvermählt.

Da es weit und breit keinen andern Doktor gab, hatte er viel, viel Arbeit, und so fuhr er sommers mit der Kutsche und winters mit dem Schlitten landauf, landab, um seine Kranken zu besuchen. Er war ein kluger Herr, und da es in jener Gegend keine Apotheke gab, machte er gleichzeitig auch den Apotheker.

Nun gab es damals einen sehr strengen Winter. Die große Kälte ließ schon frühzeitig die Flüsse einfrieren, und es warf eine Menge Schnee herab, sodass die Straßen vor allem in den Bergen meterhoch verweht waren. So konnte der Doktor nur mehr seine Kranken im Tiefland versorgen, denn die Berge und Wälder waren ungangbar geworden, und wenn er sich aus dem Dorf herauswagte, mussten er und der Kutscher Flinten mitnehmen, denn Kälte und Hunger hatten die Wölfe und Bären aus ihren Verstecken getrieben, sodass sie die Gehöfte umkreisten. Anfangs kam hin und wieder auch noch ein Reiter aus dem Wald, aber dann kamen sie nicht mehr durch, und auch der Arzt musste die größeren Fahrten einstellen.

Jenseits der Berge aber lag eine kleine Siedlung, und dort war ein kleines Mädchen krank geworden. Die Mutter versuchte erst alles, was man an Hausmitteln geben kann, aber als das alles nichts half und das Fieber des Kindes stieg, sagte sie zu ihrem Mann: »Du musst um den Arzt reiten, sonst stirbt unser Kind, denn ich habe alle Arzeneien vergeblich versucht. Das Mädchen ist schon ganz schwach geworden und es fiebert schon seit Tagen.« – »Frau«, entgegnete der Mann, »das ist unmöglich. Du weißt, wie lieb ich unser Kind habe, aber die Wälder sind so verschneit, dass an ein Durchkommen gar nicht zu denken ist. Und selbst wenn ich mich zu Pferd durchschlagen könnte, wie sollte ich den Doktor mit dem Schlitten hierher bringen? Wir können nur warten und auf das Beste hoffen.« Aber die Frau gab nicht nach, sie drang und drang so lang in ihren Mann, er solle doch wenigstens versuchen, vom Arzt eine gute Medizin zu besorgen, dass er schließlich sein Pferd sattelte, seine Büchse nahm, um in das andere Dorf zu reiten. Doch war er kaum bis an den Waldrand gekommen, als sein Ross bis zum Leib im Schnee versank und ihn ein Rudel Wölfe umkreiste. Als er sich umwandte, stürzte gar noch sein Pferd, und nur mit Not und unter Schüssen konnte er sich wieder zu seinem Hause durchschlagen, denn die Raubtiere verfolgten ihn fast bis zur Schwelle seines Hofes.

Entmutigt und sein blutendes Pferd in den Stall führend, kam er daheim wieder an. »Frau«, sagte er, »es geht nicht, ich bin nicht einmal in den Wald hineingekommen; von Durchkommen ist gar keine Rede, und zudem wird es bald finster.«

Da weinte die Frau und ging in die Stube, wo das fiebernde Töchterchen lag. »Mutter, warum weinst du denn?«, fragte das Kind. »Ach, gerade ist Vater zurückgekommen«, antwortete die Frau, »denn er wollte für dich Medizin holen beim Doktor, aber es geht nicht, weil so viel Schnee liegt.« – »Mutter, weine nicht! Wenn du meinst, dass wir den Doktor brauchen, so will ich es dem Christkind sagen, das doch heute Abend kommen muss. Du hast ja selbst heute Morgen gesagt: Am Abend kommt das Christkind.« – »Aber Kind, das ist nur so ein alter Brauch, und es ist nur mehr eine Erinnerung daran, dass Christus als Kind in diese Welt gekommen ist.« – »Nein«, sagte das Mädchen, »ich bin sicher, wenn ich darum bete, dann wird das Christkind auch selber kommen.«

Da ging die Mutter hinaus und sagte zu ihrem Mann: »Das Kind spricht schon wieder im Fieber.« Und dann machte sie sich daran, das Weihnachtsmahl zu richten, und dachte dabei: Das wird das letzte Weihnachtsessen für unser Töchterchen sein. Als sie aber zwischendurch einmal nach dem Mädchen sah, lag das mit roten Bäckchen und winkte der Mutter. »Ach«, sagte es, »eben war das Christkind da. Es sieht aus wie ein kleiner Junge. Ich habe ihm gleich gesagt, ob es nicht den Doktor schicken kann, und es hat mir versprochen, dass es ihn gleich holen wird.« Da rief die Mutter den Vater herein, und das Mädchen musste die Geschichte noch einmal erzählen: »Das Christkind war da; es sieht aus wie ein kleiner Junge, und es hat mir versprochen, dass es den Doktor holen wird.« – »Das Fieber wird weiter gestiegen sein«, dachte der Vater, »denn das Kind phantasiert bereits.« Die Mutter aber begann in ihrer Not etwas Hoffnung zu schöpfen.

Nun war der Abend angebrochen, und in dem Dorf, wo der Arzt wohnte, hatten sich in den Häusern die Familien versammelt; nur der Arzt war ganz allein, denn die Haushälterin und der Kutscher waren auch zu ihren Verwandten gegangen.

Er war gerade dabei, Arzeneien zu bereiten und eine Salbe zu reiben, als es an die Türe klopfte. »Herein!«, rief er, und da trat ein kleiner Junge ein, der die Mütze abnahm und freundlich grüßte. Sein Mäntelchen war ganz voll Schnee und die Bäckchen rot vor Frost. »Ja, wer bist denn du, Kleiner?«, fragte der Arzt. »Dich habe ich noch nie gesehen und ich kenne doch sonst alle Kinder der Gegend.« – »Ich bin nur zu Weihnachten hier, und man schickt mich von drüben aus dem Dorf, weil man da Eure Hilfe braucht.« – »Du willst mich wohl zum Besten halten, kleiner Schelm?«, entgegnete der Arzt, »meinst du, ich wüsste nicht, wie viel Schnee draußen liegt und dass man nicht durch den Wald kommen kann? Und glaubst du, ich könnte für wahr halten, dass man einen so kleinen Jungen ausschickt? Die Bären und Wölfe würden dich sofort zerreißen, wenn du in den Wald kämst.« – »Nein«, sagte der Junge, »es ist mein voller Ernst. Ich habe drüben eine kranke Schwester, und die braucht Eure Hilfe. Ihr sagt ja selbst, dass Ihr mich nicht kennt. Und wenn Ihr nicht kommt, müsste das Mädchen sterben.« »Mein lieber Junge, selbst wenn du Recht hättest, könnte ich dir nicht helfen, denn mein Kutscher ist bei seiner Familie und ich würde ihn um keinen Preis bewegen können, mich mitten in der Nacht durch den Wald zu fahren.« – »Das ist auch gar nicht nötig, denn ich habe selbst einen Schlitten dabei und werde Euch kutschieren. Und Ihr werdet auch wieder richtig zurückgebracht, habt keine Sorge!« – »Ja, aber«, rief der Arzt ganz verzweifelt, »die wilden Tiere würden über uns herfallen und nur die Stiefel und Knöpfe von uns übrig lassen. Was dir einmal gelungen ist – und ich weiß, dass Gott die Kinder besonders beschützt –, würde kein zweites Mal gelingen.« – »Aber wisst Ihr denn nicht, dass wir Christnacht haben und dass da die wilden Tiere niemand etwas zuleide tun?« – »Du bist ja ein lieber Junge, und ich würde dir auch gern helfen«, sagte der Arzt, »aber was du da sprichst, ist doch nur eine fromme Legende, die sich die Leute erzählen. Die Tiere wissen nicht, was im Kalender steht. So gern ich deiner Schwester helfen würde, es geht nicht, und ich darf auch dich selbst nicht der Gefahr aussetzen, jetzt heimzufahren.« Da sah ihn der Junge lang und ernst an, dann fragte er: »Habt Ihr Angst?« – »Ja.« – »Und habt Ihr kein Vertrauen auf Gott?« Da antwortete der Arzt: »Du hast Recht! Es soll so geschehen, wie Gott will, und wenn du Vertrauen hast, so will ich mich von dir nicht beschämen lassen. Warte nur einen Augenblick: ich will meine Tasche und meine Flinte holen, und dann wollen wir uns auf den Weg machen. Hoffentlich hast du ein starkes Pferd.« – »O, Ihr werdet es gleich sehen. Und was die Flinte betrifft, so lasst sie ruhig daheim, denn wir werden sie nicht brauchen.«

Der Arzt aber dachte: »Besser ist besser«, suchte seine Sachen zusammen und steckte sie nebst Medizinen in seine Tasche, zog seinen Mantel an und hängte die Doppelflinte um. Dann sagte er zu dem Knaben: »Wir können gehen!« Sie gingen also aus dem Haus hinaus, und richtig: da stand ein Schlitten mit einer Laterne daran. Aber als der Arzt das Zugtier sah, da musste er sich doch die Augen ausreiben, denn da stand ein großer, großer Elch. »Ich muss schon sagen: ihr habt aber da drüben seltsame Pferde.« – »Die besten, die man sich bei diesem Wetter wünschen kann«, erwiderte das Kind. Dann half es dem Arzt in den Schlitten und deckte ihn sorgsam mit einer warmen Decke zu, setzte sich auf den Kutschbock und pfiff dem Elch. Der setzte sich sogleich mit Riesenschritten in Bewegung und zog den Schlitten wie eine Feder hinter sich her. Schnell war man aus dem Dorf hinaus, und als der Mann die Lichter der Wölfe aufleuchten sah, griff er nach seinem Gewehr. Im gleichen Augenblick aber drehte sich der Knabe um und sagte: »Lasst nur Euer Schießeisen. Ihr versteht nicht, mit Tieren umzugehen.« Da fügte sich der

Mann in alles und dachte: Der kann mehr als du selber. Der Knabe aber rief den Wölfen etwas zu, und wirklich taten die großen Tiere niemand etwas zuleide. Im Gegenteil: sie liefen vor dem Schlitten her, um den Schnee festzutrampeln, und andere liefen hinterdrein. Der Elch aber kümmerte sich gar nicht um sie.

Im Wald konnte zwar auch der Elch nicht mehr so schnell laufen, aber der Schlitten blieb nie stecken und so war man noch lange vor Mitternacht in der kleinen Siedlung. »Hier«, sagte der Knabe, »ist das Haus. Geht nur einstweilen zu meiner kranken Schwester hinein!« Und damit half er dem Arzt aus dem Schlitten heraus. Der nahm seine Tasche, klopfte an die Türe und trat ein. Da schauten aber der Bauer und seine Frau, als sie den Doktor hereinkommen sahen! »Ja wie kommt denn Ihr zu uns? Wisst Ihr denn, dass unser Töchterchen krank ist?«, rief der Bauer erstaunt. »Ei freilich, Ihr habt ja Euern Jungen um mich geschickt«, entgegnete der Arzt, »und ich muss schon sagen: Ihr habt einen recht tüchtigen Sohn und Ihr müsst viel Gottvertrauen haben, dass Ihr das Kind so allein durch den Wald fahren lasst.« – »Wie? Was? Verzeiht, das muss ein Irrtum sein«, sagte der Bauer, »denn ich habe gar keinen Sohn; das kranke Mädchen ist unser einziges Kind.« – »Nun, so ein Schlingel! Und zu mir sagt der Junge, er komme um seine kranke Schwester. Nun sagt mir nur noch: Wie habt Ihr den großen Elch dressieren können, dass er den Schlitten zieht?« Da wurde der Bauer ganz verwirrt: »Was für ein Elch?« Und der Arzt nahm ihn bei der Hand und führte ihn vors Haus. Da stand der Schlitten mit dem großen und ungewöhnlichen Zugtier, aber von dem Knaben war nichts zu sehen. »Dieses seltsame Rentier«, sagte der Bauer, »gehört weder mir noch sonst jemandem in unserm Dorf. Ihr wollt mir wohl einen Bären aufbinden?« – »Nun, darüber später mehr! Führt mich erst zu der Kranken!« Und damit gingen sie wieder ins Haus und in die Stube des Mädchens. Das saß im Bett und sagte: »Mama, gerade war wieder das Christkind da und es hat gesagt, dass der Doktor schon da ist und dass ich bald wieder ganz gesund sein werde. Und dem Herrn Doktor soll ich sagen, dass der Christusknabe leider keine Zeit mehr hat, ihn heimzubringen, aber dass der Elch den Weg auch allein findet, und der Herr Doktor soll sich nicht fürchten.« Da schauten Vater, Mutter und der Arzt sich an, und der Letztere sagte: »Das ist eine seltsame Geschichte.« Und der Vater: »Ja, das macht das Fieber.« – »Nein«, sagte der Arzt, »hier spielt etwas ganz anderes herein.« Und zum Mädchen: »Nun, sei unbesorgt! Wenn du solchen Besuch hattest, wirst du auch sicher gesund werden.« Und er gab ihr eine Medizin, und dann setzte er sich mit den Eltern zu Tisch.

Als er am nächsten Morgen nach dem Mädchen sah, hatte es kein Fieber mehr, und der Arzt konnte wieder an seine Heimreise denken. »Neugierig bin ich ja«, dachte er bei sich, »wie es diesmal geht!«

Die Sonne war kaum aufgegangen, doch war es schon spät am Tage, als er mit dem Bauern vors Gehöft trat. »So wahr ich lebe, ein Elch!«, rief der Bauer aus, »gestern glaubte ich, es wäre ein gewöhnliches Rentier.« Und damit nahmen sie Abschied. Kaum saß der Doktor im Schlitten, da zog der Elch an und schlug den Weg zum Walde ein. Dem Arzt war so allein nicht recht wohl, und er hätte viel drum gegeben, wenn der Knabe vom Vorabend dabei gewesen wäre.

Am Waldrand kauerte wieder ein Rudel Wölfe und er wollte eben zu seiner Flinte greifen, da wandte der Elch den Kopf und sprach: »Lass das nur! Sie werden uns nichts tun.« Und als der Schlitten bei den Wölfen angekommen war, sagte der Leitwolf: »Das ist der Mann, den heute Nacht der himmlische Knabe herübergebracht hat und den wir nach

Hause geleiten sollen.« Und damit setzte sich das Rudel in Bewegung und lief wieder teils voraus, teils hinterdrein. Zunächst ging alles gut, aber an einem steilen Hang kippte der Schlitten um und der Arzt fiel heraus. Alsbald kam ein Bär herzugelaufen, hob ihn mit seinen Pfoten vorsichtig auf und trug ihn in den Schlitten, den die Wölfe wieder aufgestellt hatten, zurück.

»Hast du dir wehgetan?«, fragte er noch. »Nein, danke, gar nicht«, antwortete der Arzt, der sich nunmehr über nichts mehr wunderte.

So fuhr man bis zum andern Waldrand, da nahmen die wilden Tiere Abschied, der Elch aber fuhr den Doktor bis zu seinem Hause. Und seitdem, so sagen die Leute, war unser Doktor ein wenig wunderlich. Man wollte gar gesehen haben, wie er im Walde mit wilden Tieren, Bären und Wölfen gesprochen habe, und dass diese ihm nichts zuleide täten, sodass er auch im Winter ohne Gefahr überall die Kranken besuchen könne.

*Ein Märchen aus Schweden*

# Der Weihnachtssohn

Es war einmal eine Frau, die ein Gänseei fand. Dieses legte sie ihren Hühnern unter, sodass schließlich am Heiligabend aus den Eierschalen ein kleines Knäblein schlüpfte. Dieses Knäblein war nicht wie gewöhnliche Menschen; es wuchs unwahrscheinlich rasch heran. Schon mit elf Wochen war es so groß, dass es sich an jedem Balken des Hauses stieß. Und es aß gewaltig. Man scherzte schon, er werde die Eltern noch um Haus und Hof essen. Deshalb bat ihn die Mutter, in die Welt hinauszuziehen, um sich eine Stellung zu besorgen. Denn bliebe er zu Hause, meinte sie, würde er sie zugrunde essen.

Der Weihnachtssohn war einverstanden und machte sich auf den Weg.

Zu jener Zeit hatte fast jedes Landeszipfelchen seinen König, sodass es mehr als genug von ihnen gab. Zu einem solchen kam der Weihnachtssohn. Er erkundigte sich sogleich nach Arbeit. Nun, Laufbursche könne er werden.

»Du sollst meinen Waldarbeitern das Essen bringen«, sagte der König. Doch dazu müsse er zeitig am Morgen aufstehen, denn er solle mit den Waldarbeitern aufbrechen, um den Weg kennen zu lernen und sich zurechtzufinden. Das sei keine Schwierigkeit, meinte der Weihnachtssohn und legte sich schlafen.

Aber als er erst einmal eingeschlafen war, schlief er, bis die Sonne hoch am Himmel stand und die Waldarbeiter längst losgezogen waren. Ja, nun war es zu spät, um ihnen zu folgen. Doch das, meinte er, sei nicht weiter schlimm, er würde sie schon finden. Der König wies ihm die Richtung, in die sie gezogen waren, und der Junge ging los. Er sollte zwölf Pferde zu den Waldarbeitern hinbringen, damit diese die Holzfuhren nach Hause transportieren könnten, wenn sie am Abend zurückkehrten.

Er ging, bis die Sonne schräg im Westen stand, ohne die Waldleute gefunden zu haben. Da wurde ihm klar, dass er eine falsche Richtung eingeschlagen hatte und nun unverrichteter Dinge nach Hause zurückkehren musste. Er überlegte einen Augenblick, mit leeren Händen wollte er nicht beim Königshof ankommen. Deshalb machte er sich daran, Baum um Baum abzubrechen und auf die Schlitten zu verladen. Die Äste riss er mit den Händen ab.

Schließlich hatte er so viel aufgepackt und festgebunden, dass auf jedem Schlitten zwölf gewöhnliche Fuhren lagen. Es lässt sich denken, dass das mehr war, als die Pferde zu ziehen vermochten. Sie konnten die Last nicht von der Stelle bewegen. Da stellte er sich vor die Pferde, packte sie bei der Mähne und zog, um sie von der Stelle zu bewegen. Doch er hatte so derb zugepackt, dass er allen zwölf Pferden die Köpfe abriss.

Nun war der Bursche doch ein wenig ratlos, aber mit leeren Händen zurückzukehren, schien ihm eine Schande. Deshalb brach er sich einen biegsamen Baum ab, wand eine Kiepe daraus und packte alle einhundertvierundvierzig Fuhren dahinein, die zwölf Pferde warf er noch obendrauf. Damit stapfte er heimwärts. Aber als er auf dem Königshof um eine Scheune biegen wollte, stieß die Last gegen eine Ecke, und die Scheune stürzte ein. Da kippte er die Ladung aufs Feld, sodass im Königshof sämtliche Glasscheiben zersprangen. Der König kam angelaufen, doch er wagte nichts zu sagen. Er sah, dass es ein Riese war, mit dem er es zu tun hatte.

Der Weihnachtssohn erzählte, dass er die Waldarbeiter nicht finden konnte, doch da er nicht so ganz unverrichteter Dinge zurückkommen wollte, habe er ein paar Kleinigkeiten mitgebracht. Doch dann sei er so grob gewesen und hatte diesen Papierpferden den Kopf abgerissen. Der König wagte nichts anderes zu sagen, als dass alles gut und in Ordnung sei.

Aber am Tage darauf sagte der König zu ihm, er solle einem alten Mann helfen, auf See hinauszurudern. Wie es aussähe, tauge er wohl nicht zum Waldarbeiter, meinte der König. Ja, eine Fischtour könne amüsant werden, sagte der Weihnachtssohn.

Als er aber an den Strand hinunterkam, fand er, dass das Boot viel zu klein war. Nein, wenn er aufs Meer hinaus sollte, brauchte er ein Boot, das zu etwas tauge, meinte er. Nun gab es in alter Zeit eine Art Schraubvorrichtung, mit deren Hilfe man Jachten und größere Boote an Land hievte. Beim Bootshaus stand eine solche an Land gehievte Jacht. Der Weihnachtssohn machte nicht viel Federlesens, stellte sich vor den Steven, stemmte die Schultern dagegen und schob so die Jacht aufs Meer hinaus.

Dann lief er weg, ein paar Pferdeköpfe zu holen, denn er meinte, dass diese nützlich sein könnten, nahm hundert Ketten als Schnur und einen Schiffsanker als Angel und lief damit zu der Jacht zurück. Das Ruderboot, das der alte Mann als Schiffskutter benutzte, warf er auf die Jacht, um es notfalls zum Ausschöpfen zu nehmen. Als Ruder hatte er sich ein Paar Baumstämme zurechtgeschlagen. Er selber ruderte, und der alte Mann bediente das Steuer. Schließlich waren sie so weit gekommen, dass sie gerade noch die Berge auf dem Inland erkennen konnten.

Da fragte der Weihnachtssohn, ob sie weit genug draußen seien. Ja, gewiss doch, meinte der Alte, nie zuvor sei er so weit draußen gewesen. Nun begann der Weihnachtssohn, seine Pferdeköpfe als Köder für die Fische auszuwerfen. Da rückten zwei Wale gleichzeitig an, mit denen er seine Müh und Not hatte; doch schließlich bekam er sie beide an Bord gezogen. Allerdings war dann auch die Jacht voller Seewasser. Aber solche Kleinigkeiten konnten den Weihnachtssohn nicht aus der Ruhe bringen. Er nahm das kleine Ruderboot und schöpfte damit das Wasser heraus. Und es dauerte gar nicht lange, bis die Jacht geleert war und sie wieder an Land schiffen konnten. Und wie bei der Fahrt hinaus ruderte der Weihnachtssohn, und der alte Mann steuerte.

Als sie daheim ankamen, kam der König mit einem Eimer zum Watt hinunter, um Kochfisch zu holen. Da ergriff der Weihnachtssohn die Walfische und schleuderte sie ans Land, dass Erdkrümchen und Sandkörner dem König um die Ohren stoben. Dem König wurde angst, und er wagte wegen der Fische nicht zu tadeln. Er sagte nur, dass sie den Fisch aufhängen sollten. Dies sei ein ganz besonders frischer Fisch, meinte er.

Doch nun fand sich kein Gerüst, das groß genug gewesen wäre. Ja, da packte der Weihnachtssohn die Wale und schleuderte sie auf das Bootshausdach, denn er dachte, dort müsste ausreichend Platz sein. Aber das Gewicht war zu schwer, und das Bootshaus stürzte ein.

Am dritten Tag wies ihn der König an, Korn zur Mühle zu bringen und es mahlen zu lassen. Wie es aussehe, würde wohl nie ein Fischer aus ihm werden, meinte er.

Dreihundert Säcke waren es, die der Weihnachtssohn zur Mühle bringen sollte. So machte er sich auf den Weg. Als er jedoch ein Stück des Weges zurückgelegt hatte, kam ihm die Idee, das Korn zu probieren, ob es gut getrocknet sei. War es nicht gut getrocknet, würde auch kein gutes Mehl daraus. Also setzte er sich hin, um es zu schmecken, und ehe er sich versah, hatte er alle dreihundert Sack aufgegessen.

Ja, nun musste er zum Königshof zurückkehren und die Wahrheit sagen: dass er etwas von dem Korn habe kosten wollen, um zu schmecken, ob es schon trocken sei. Dann hatte er schließlich alle Säcke aufgegessen. Doch die leeren Säcke sollte der König zurückbekommen.

Nun sann der König unentwegt darüber nach, wie er ihn loswerden könnte. Deshalb brachte er ihn dazu, eine Schlägerei mit dem Feuerblitz und dem Donner zu beginnen.

Da jedoch war der Weihnachtssohn an seinen Meister geraten. Der Blitz schlug nieder und tötete ihn. Wer nun aber froh war, das war der König.

*Ein Märchen aus Skandinavien*

# Die Geschichte vom weißen Lamm

Vorzeiten war einmal ein Bauer, der hatte ein weißes Lamm, und als das Christfest herankam, dachte er, er wolle das weiße Lamm schlachten. Das weiße Lamm hörte das, und es beschloss fortzulaufen, und das tat es auch.

Es war noch nicht weit gekommen, als es einem Stier begegnete. Sagte der Stier zu ihm: »Heil und Segen dir! Weißes Lamm, wo gehst du hin?« – »Ich gehe fort«, sagte das weiße Lamm, »um mein Glück zu versuchen, sie wollten mich schlachten zum Christfest, und da beschloss ich, lieber fortzulaufen.« – »Es ist wohl besser für mich«, sagte der Stier, »wenn ich mit dir gehe, denn das Gleiche wollten sie auch mit mir machen.«

»Mir soll es recht sein«, sagte das weiße Lamm, »je mehr Gesellschaft, desto mehr Vergnügen.«

Sie gingen also weiter, bis sie auf einen Hund stießen.

»Heil und Segen dir, weißes Lamm!«, sagte der Hund. – »Heil und Segen auch dir, Hund!« – »Wohin gehst du?«, sagte der Hund.

»Ich bin fortgelaufen, denn ich hörte die Leute sagen, sie wollten mich zum Christfest töten.«

»Mit mir wollten sie das Gleiche machen«, sagte der Hund, »und so will ich lieber mit dir gehen.« – »Komm nur mit«, sagte das weiße Lamm.

Sie gingen also weiter, bis ihnen eine Katze begegnete. »Heil und Segen dir, weißes Lamm!«, sagte die Katze. – »Heil und Segen, o Katze!«

»Wohin gehst du?«, sagte die Katze. – »Ich bin ausgezogen, mein Glück zu versuchen«, sagte das weiße Lamm, »denn sie wollten mich zum Christfest schlachten.«

»Sie haben auch bei mir davon gesprochen, mich zu töten«, sagte die Katze, »und so ist es wohl besser, wenn ich mit dir gehe.«

»Komm nur mit«, sagte das weiße Lamm.

Darauf gingen sie weiter, bis ein Hahn zu ihnen stieß. »Heil und Segen, weißes Lamm!«, sagte der Hahn. – »Heil und Segen dir selber, o Hahn!«, sagte das weiße Lamm. »Wo gehst du hin?«, sagte der Hahn. – »Ich will fortgehen«, sagte das weiße Lamm, »denn mir drohte zum Christfest der Tod.«

»Mich wollten sie genau zu der gleichen Zeit umbringen«, sagte der Hahn, »und so will ich mit dir gehen.«

»Komm mit uns«, sagte das weiße Lamm.

Sie gingen weiter, bis sie einer Gans begegneten. »Heil und Segen, weißes Lamm!«, sagte die Gans. – »Heil und Segen dir selber, o Gans!«, sagte das weiße Lamm. – »Wo gehst du hin?«, sagte die Gans.

»Ich bin davongelaufen«, sagte das weiße Lamm, »weil sie vorhatten, mich zum Christfest zu schlachten.«

»Das hatten sie mit mir auch vor«, sagte die Gans, »und so will ich denn lieber mit dir gehen.«

Die Gesellschaft zog weiter, bis die Nacht hereinbrach, da sahen sie ein kleines Licht in der Ferne; und wenn es auch in der Ferne war, so brauchten sie doch nicht lange, um hinzugelangen. Als sie zu dem Haus kamen, sagten sie zueinander, sie wollten durchs Fenster hineinschauen und sehen; wer in dem Hause sei, und sie sahen eine Schar Räuber, die zählten Geld; und das weiße Lamm sagte: »Jeder von uns soll seine

Stimme erheben und seinen Ruf ausstoßen. Ich will meine Stimme erheben; und der Stier soll seine Stimme erheben; der Hund soll seine Stimme erheben; und die Katze die ihre; und der Hahn seine Stimme, und die Gans ihre Stimme.« Mit dem stießen sie alle zusammen einen einzigen fürchterlichen Schrei aus!

Als die Räuber das Geschrei draußen hörten, dachten sie, der Leibhaftige wäre vor der Tür; sie liefen hinaus und flohen in einen Wald, der in der Nähe war. Als das weiße Lamm und seine Gefährten sahen, dass das Haus leer war, gingen sie hinein, und sie bekamen all das Geld, das die Räuber gezählt hatten. Sie teilten es unter sich; und dann meinten sie, sie wollten sich zur Ruhe begeben. Sprach das weiße Lamm: »Wo willst du heute Nacht schlafen, o Stier?« – »Ich will«, sagte der Stier, »hinter der Tür schlafen, wie ich es gewohnt bin.« – »Wo willst du schlafen, weißes Lamm?« – »Ich will«, sagte das weiße Lamm, »mitten auf dem Fußboden schlafen, wie ich es gewohnt bin!« – »Wo willst du schlafen, o Hund?«, sagte das weiße Lamm. »Ich will neben dem Feuer schlafen, wie ich es gewohnt bin«, sagte der Hund. »Wo willst du schlafen, o Katze?« – »Ich will«, sagte die Katze, »im Kerzenschrank schlafen, wie ich es immer schon gerne tat.« – »Wo willst du schlafen, o Hahn?«, sagte das weiße Lamm. »Ich«, sagte der Hahn, »will auf dem Dachgebälk schlafen, wo ich gewöhnlich sitze.« – »Wo willst du schlafen, o Gans?« – »Ich will«, sagte die Gans, »auf dem Misthaufen schlafen, wie ich es gewöhnlich tue.«

Sie hatten sich noch nicht lange zur Ruhe niedergelassen, als einer der Räuber zurückkam um nachzusehen, ob er irgendjemanden in dem Haus entdecken könne. Es war alles ganz still, er tastete sich an den Kerzenschrank heran und wollte eine Kerze holen, die er anzünden könne, um Licht zu haben; aber als er seine Hand hineinsteckte, hieb ihm die Katze ihre scharfen Krallen in die Hand; trotzdem nahm er eine Kerze mit und versuchte, sie anzuzünden. Da stand der Hund auf, und er steckte seinen Schwanz in einen Krug mit Wasser, der neben dem Feuer war. Er wedelte mit dem Schwanz und löschte die Kerze aus. Nun meinte der Räuber tatsächlich, der Leibhaftige wäre im Haus, und floh davon; als er aber an dem weißen Lamm vorübereilte, gab es ihm einen Stoß, und ehe er an dem Stier vorbei war, hatte ihm der einen Tritt gegeben; und der Hahn fing an zu krähen; und als er ins Freie kam, bearbeitete die Gans seine Schenkel mit ihren Flügeln.

Der Räuber lief in den Wald, wo seine Gefährten waren, so schnell seine Füße ihn trugen. Sie fragten ihn, wie es ihm ergangen sei. »Nun«, sagte er, »nicht besonders gut; als ich zum Kerzenschrank kam, war ein Mann darin, der zehn Messer in meine Hand stieß; und als ich zur Feuerstelle ging, um die Kerze anzuzünden, lag da ein großer schwarzer Kerl, der sprengte Wasser darauf, um sie wieder auszulöschen; und als ich versuchte hinauszukommen, war ein großer Mann mitten auf dem Fußboden, der gab mir einen tüchtigen Schubs; und ein anderer Mann hinter der Tür stieß mich mit einem Tritt hinaus; und ein kleines, freches Balg saß im Dachboden und schrie: *CUIR – A – NEES – AN – SHAW – AY – S – FONI – MI – HAYN – DA*, das sollte wohl heißen: Schick ihn nur rauf, mit dem werd' ich schon fertig – und auf dem Misthaufen draußen war ein Schuster, der bearbeitete meine Schenkel fürchterlich mit seiner Schürze.«

Als die Räuber das hörten, wagten sie nicht mehr umzukehren, um den Haufen Geld zu holen, den sie zurückgelassen hatten. Das weiße Lamm und seine Gefährten behielten es für sich; und sie lebten friedlich und ohne Sorgen zusammen bis an das Ende ihrer Tage.

*Ein Märchen aus Schottland*

# Sigrid, die Sonne des Inselfjords

In Mödrufell im Inselfjord wohnte einmal ein reiches Ehepaar, aber ihre Namen sind nicht bekannt. Sie hatten nur eine einzige Tochter mit Namen Sigrid. Sie war aller Frauen schönste und man nannte sie deshalb die Sonne des Inselfjords. Sie war ebenso tugendhaft, wie sie schön war. Als sie herangewachsen war, kamen viele Freier, gelehrte und ungelehrte, aber der Vater wies sie alle ab, auch dann, wenn sie gern einen davon genommen hätte.

Damals war es allgemeine Sitte, in der Christnacht zur Kirche zu gehen, aber nie wollte einer auf dem Gehöft allein daheim bleiben. Nun sprach man unter dem Gesinde auf Mödrufell davon, wer wohl am Weihnachtsabend zu Hause bleiben wolle. Da kam Sigrid gerade dazu und fragte, was sie ihr geben wollten, wenn sie dabliebe und dann alle andern zur Kirche gehen könnten. Alle waren der Meinung, dass, wenn sie nur irgendetwas besäßen, sie es ihr von Herzen gerne gäben. Sie sagte aber gleich, das sei nur ein Scherz gewesen, sie wolle ja von niemand etwas haben, wolle aber gern für sie zu Hause bleiben, wenn sie's wünschten. Die Leute meinten jedoch, ihr Vater werde es ihr nicht erlauben. Sie bat nun ihren Vater, aber dem Vater war's durchaus nicht recht und er fand es wunderlich, dass sie zu Hause bleiben und nicht wie sonst mit ihnen gehen wollte. Er sagte, ihm ahne, dass ihr irgendein Unglück bevorstehe, da sie so großes Verlangen danach habe, zu Hause zu sein. Da sie aber gewiss sagte, ihr werde nichts geschehen, so gab er ihr endlich nach und sagte den Dienstleuten, sie könnten gehen, da Sigrid daheim bleiben wolle. Die Leute waren froh darüber.

Als nun der Heilige Abend herankam, da machten sich die Leute voller Freude fertig, das Wetter war schön, die Erde schneefrei und gefroren, aber kein Mondschein. Als die Leute fertig waren, sagte der Bauer, sie möchten Sigrid Lebewohl sagen, er selbst wolle sich zuletzt von ihr verabschieden und das Haus gut verwahren, ehe er fortginge.

Sie begleitete nun die andern hinaus und dann trennten sie sich. Ihr Vater sagte noch, sie dürfe heute Nacht ja niemand hereinlassen, wenn das etwa versucht werden sollte. Auch dürfe sie zu niemand hinausgehen und solle sich nicht darum kümmern, falls etwa geklopft oder nach ihr gerufen würde. Dann trennten sie sich und er sagte, es würde niemand hineinkommen, wenn das Haus gut verschlossen bliebe.

Die Leute gingen nun fort, das Mädchen aber ging wieder hinein und zog sich an. Dann zündete sie ein Licht an, nahm ein Buch und setzte sich in die Schlafkammer der Eltern, um zu lesen. Bis Mitternacht ereignete sich nichts Besonderes. Da pochte es plötzlich an die Tür, aber das Mädchen blieb ganz still. Es klopfte noch einmal und ein drittes Mal und diesmal so stark, dass das Haus eingestürzt wäre, wäre es nicht so fest gebaut gewesen. Das Mädchen aber blieb noch immer still. Kurz danach hörte sie, wie jemand am Haus hinaufgeht und oben entlang bis an das Fenster über ihr. Es rief am Fenster und begrüßte sie. Sie dankte und sah durch das Fenster. Trotzdem es draußen dunkel war, bemerkte sie doch das Gesicht eines Mannes, so schön wie sie noch niemals eines gesehen hatte. Nun bat er sie hinauszukommen. Aber sie sagte, sie könne das nicht und dürfe es nicht. Er bat sie noch mehr und nur für eine kleine Weile, aber sie sagte, das sei ganz gleich, sie käme nicht heraus, und er solle am Fenster sagen, was er zu sagen habe. Er meinte, das könne er nicht und sie müsse ihm auch einen Trunk reichen. Sie sagte, er solle den Schöpfeimer draußen an der Wand nehmen und damit aus dem Bache trinken, der am Gehöft vorbeifließe, einen andern Trunk bekäme er nicht. Er sagte, klares Wasser könne er nicht trinken, und sie antwortete, dann könne sie ihm nicht helfen. Er meinte nun, wenn es sich so verhielte, müsse er sie unverrichteter Sache verlassen, aber das müsse er ihr noch sagen, dass einst die Zeit kommen würde, wo es ihr im tiefsten Herzen so heiß werden würde wie jetzt ihm. Sie sagte: »Das wird geschehen, wie es mir bestimmt ist.« Dann ging er fort und sonst geschah in dieser Nacht nichts weiter.

Am Morgen kamen die Leute heim und sogleich nach der Begrüßung fragte sie der Vater, ob sie nichts erlebt habe in der Nacht. Sie sagte Nein; er aber sagte, es sei gar nicht nötig, dass sie es sage, er sähe es ihr sowieso an und drang heftig in sie, bis dass sie alles erzählte. Er fragte sie, ob sie dem Fremdling aufgeschlossen haben, was sie verneinte. Er sagte, das sei recht so gewesen. Aber sie meinte, das wüsste sie noch nicht und es würde sich wohl erst später zeigen, ob es ihr Glück bringen würde, dass sie ihm folgsam gewesen sei. Und dann wurde davon nicht weiter gesprochen.

Beim nächsten Weihnachtsfest handelte es sich wieder darum, wer daheim bleiben solle. Sigrid sagte, sie sei auch diesmal dazu bereit und demgemäß wurde beschlossen. Am Heiligen Abend war das Wetter wieder schön und dazu Mondschein. Da aber wurde plötzlich die Mutter krank und wollte nicht reisen, und Sigrid sagte, es würden nun mehr Leute daheim bleiben als vorauszusehen war, denn auch der Vater würde jetzt kaum mitgehen. Die Leute rüsteten zum Kirchgang und brachen auf, aber Sigrid blieb mit ihren Eltern zurück. Der Bauer verschloss selbst das Haus und fing dann an zu lesen. Nahe um Mitternacht, wie er aufgehört hatte, klopfte es stark an die Türe. Sigrid fragte den Vater, ob sie an die Tür gehen solle. Er verbot es, er wolle selbst den Ankömmlingen entgegengehen, denn ihn wollten sie zuerst und allein sprechen. Damit ging er hinaus und blieb so lange, dass Mutter und Tochter ängstlich wurden. Schließlich fragte Sigrid, ob sie nicht einmal nach dem Vater sehen solle. Aber die Mutter wollte das nicht, falls die bösen Geister den Vater geholt hätten, so würde es nicht besser, wenn sie nun auch die Tochter holten. Nach einer Weile wollte Sigrid nun doch hinaus, aber da kam der Bauer sehr aufgeregt herein. Er hieß Sigrid sich so schnell wie möglich fertig zu machen, denn jetzt sei der gekommen, für den er sie schon lange bestimmt habe. Sie war vor Schreck fast sprachlos und konnte nur fragen, wer das sei und wohin sie denn solle. Der Vater sagte, das würde sie später erfahren, jetzt solle sie sich beeilen, denn der Mann wolle nicht warten. Die Mutter fragte, was dies alles zu bedeuten habe, wem er sie denn überliefere und sagte, das sei etwas sonderbar von ihm. Aber der Bauer sagte, sie sollten sich nicht darum kümmern. Dann zog sie sich an und der Vater hieß sie, Abschied zu nehmen von der Mutter. Das tat sie auch, aber man kann sich denken, in welcher Stimmung sie schieden. Die Mutter sagte, sie hätte immer auf ein besseres Los ihrer Tochter gehofft, aber nun schiene das nicht mehr möglich zu sein. Dann brachte der Bauer seine Tochter hinaus. Draußen sah sie auf dem Platz vor dem Hause drei Männer stehen, Trollen ähnlicher als menschlichen Wesen. Einer war besonders groß und hässlich und sah so boshaft aus, dass es Sigrid schauderte. Vier Pferde standen da, darunter Sigrids Reitpferd und das war gesattelt. Da kam der Hässlichste auf sie zu und hob sie in den Sattel. Dann verabschiedeten sich die Männer von dem Bauer auf sehr höfliche Weise, besonders der eine, und Sigrid sagte ihm auch Lebewohl.

Dann ritten sie davon, voran der Hässlichste, und den hielt sie für den Freier. Zuerst ritten sie den Fjord entlang und dann auf die Berge und nun wusste sie nicht mehr, wohin es ging. Sie sprachen nicht mit ihr und auch nicht untereinander. Das Mädchen wurde müde und wankte im Sattel. So ritten sie weiter, dreimal zwölf Stunden, wie sie meinte, und gegen Abend kamen sie auf einen schmalen Weg. Hier stiegen sie ab. Jener eine kam auf sie zu, riss sie aus dem Sattel und hieß sie kurz, bergab zu Fuße zu gehen. Sie führten die Pferde am Zügel, sie selbst ging hinterdrein, aber der Weg war so schmal, dass sie sich am Bein ihres Pferdes festhalten musste, welches zuletzt ging. Unten kamen sie in ein tiefes Tal. Sie stiegen wieder auf, und der Mann setzte sie auf grobe Art in den Sattel, ohne mit ihr zu reden. Sie ritten das Tal entlang; Gras wuchs da, und das Tal war blutrot bis zu den Spitzen der Felsen. Ein Fluss lief hindurch; nirgends war ein Werk von Menschenhand. Aber bei froher Stimmung hätte sie das Tal gewiss lieblich und schön gefunden. Schweigend ritten sie weiter, bis sie eine große Herde von Pferden sahen, in allen Farben und Lebensaltern. Jener eine rief sie an und fragte sie, ob sie nicht den zum Manne haben möchte, dem dies alles gehöre. Sie sagte: »Besser ist Freude als Reichtum!« Dann ritten sie weiter, bis sie eine Ochsenherde sahen, ebenso groß und mit Tieren verschiedenen Alters. Er fragte sie wieder und sie antwortete wieder das Gleiche. Dann trafen sie auf eine ungeheuer große Schafherde; es schienen ihr mehr zu sein als sämtliche Schafe aus dem Inselfjord zusammengenommen. Wieder fragte er sie dasselbe und wieder antwortete sie das Gleiche. Nach einer Weile sahen sie ein großes prächtiges Gehöft, gut und fest gebaut, wie es ihr schien. Sonst sah sie weiter keine Höfe. Sie kamen auf einen weiten umzäunten Grasplatz mit einem Tor, und ein eingehegter Weg führte hindurch zu den Häusern. Der Grasgarten war glatt und mit vielen schönen Kräutern bewachsen.

Sie ritten nun bis auf den Platz vor den Häusern. Dort stand eine kleine hübsche Kirche, die ihr kostbarer schien als alles andere. Sie stiegen ab; jener hob sie aus dem Sattel und fragte sie: »Was wünschest du dir jetzt?« »In die Kirche zu gehen«, sagte sie. Er sprach: »Da musst du mit mir gehen!« Er zog den Schlüssel hervor, schloss die Kirche auf und hieß sie hineingehen und solange darinnen verweilen, wie sie wolle, dann solle sie auf den Hofplatz zurückkommen. Sie ging hinein bis zu dem hintersten Platz, setzte sich dort nieder, betete und schlief ein, und da träumte ihr, wie eine blau gekleidete Frau aus dem Estrich des Chores zu ihr träte; die ging bis an die Chortür und sprach: »Da bist du also auch da, Sigrid, du Sonne des Inselfjords. Dein Vater hat dich nicht umsonst so lange zurückbehalten. Dieser Mann hat schon zwei Frauen gehabt, ich bin die zweite, und er hat uns beiden den Tod bereitet. Das hängt aber so zusammen: Hier sind drei Brüder, die stehen alle unter einem Zauberbann. Am ersten Abend, als wir schlafen gehen wollten, legte er uns einige Fragen vor, und als wir sie nicht beantworten konnten, da durchbohrte er uns. Aber jetzt weiß ich, was wir hätten antworten müssen, und dir will ich es sagen, weil ich dir ein längeres Zusammenleben mit ihm wünsche, als uns vergönnt war.«

Sie sprach ihr nun die Fragen dreimal vor, ließ sie sie wiederholen und sich ganz genau einprägen. Sie müsse jede Frage beantworten, sobald er sie gestellt habe, und dürfe sich nicht fürchten, auch wenn er ihr scheine seine hässlichste Gestalt angenommen zu haben. Es war ihr im Traum, als wiederhole sie dreimal die vorgesprochenen Worte. Dann wachte sie auf und da schien ihr die Frau zu verschwinden. Die Worte wusste sie noch und sagte sie sich immer wieder leise vor. Dann ging sie hinaus auf den Hof. Ein schönes Mädchen stand in der Haustür, grüßte Sigrid und führte sie hinein. Sie sagte, sie sei die Schwester der drei Brüder und unterhielt sie freundlich und heiter. Sie führte sie durch das ganze Haus von oben bis unten und Sigrid war erstaunt über die Ordnung und Pracht überall. Es zeigte sich ein großer Reichtum in allen Dingen, aber außer den Brüdern und der Schwester war kein Mensch zu sehen.

Ein halber Monat verging; da sagte ihr die Schwester, nun sei der Hochzeitstag nahe, aber Sigrid war darüber wenig erfreut. Die Vorbereitungen wurden mit großer Pracht getroffen. Als der Tag herangekommen war, erschien ein Pfarrer mit einigen anderen Leuten. Das Paar wurde zusammengegeben und ein Festmahl gehalten, und es fehlte an nichts, weder an Wein noch allem Übrigen. Nach dem Festmahl machten sich die Gäste möglichst schnell von dannen; aber die Brüder waren so trunken, dass sie besinnungslos waren und sich wie die schlimmsten Trolle benahmen. Neben der Wohnstube war noch eine kleine Kammer, in dieser blieben sie in ihrem betrunkenen Zustande und schwärmten die ganze Nacht hindurch. Dann sagte die Schwester zu Sigrid, sie solle nun zu Bett gehen und sie führte sie in ein kleines Seitengemach, das dem Brautpaar zur Schlafkammer bestimmt und sehr prächtig war. Darin waren sie nun beide mit sehr traurigem Sinn. Das Mädchen sagte zu Sigrid, sie solle sich niederlegen, er werde gleich kommen. Sigrid tat wie ihr geheißen. Kurz danach verließen die Brüder die kleine Kammer und gingen zu ihren Schlafstellen, der Bräutigam kam zu Sigrid hinein, setzte sich auf die Bettkante und sah sehr böse aus. Er legte ihr nun die Fragen vor und zugleich schien er unten am Bettrande etwas zu suchen. Aber sowie er die Fragen stellte, hatte sie sie auch schon richtig beantwortet, wie sie von jener Frau gelehrt worden war. Da stürzte er ohnmächtig zu Boden und es war auf einmal der schönste Mann aus ihm geworden. Ebenso geschah es auch mit seinen Brüdern. Und nun kamen viele Leute herbei, um den Brüdern zu helfen. Sigrid aber sah die Heirat nun viel freundlicher an, denn der Mann kam ihr so schön vor wie jener, der damals in der Weihnachtsnacht an ihrem Fenster stand. Als er wieder zur Besinnung gekommen war, gingen sie schlafen und die drei Brüder waren fortan freundliche und gute Menschen und die Eheleute liebten sich sehr.

Am andern Morgen ging Sigrid ins Freie und schaute sich um. Da erblickte sie Gehöfte und Menschen zu beiden Seiten des Tales und auch auf ihrem eigenen Gehöft waren viele Männer und Frauen. Nun war Sigrid wohl versorgt; sie hatte alles in Menge und durfte schalten und walten nach Herzenslust, denn ihr Mann war sehr gut zu ihr.

Nach einem Jahr bekamen sie eine Tochter, die auch wieder Sigrid hieß. Das Mädchen wurde ganz und gar das Ebenbild der Mutter. Die Leute des Tales reisten jeden Sommer nach einem Handelsplatz alle zusammen und blieben immer drei Wochen fort. Einmal riet Sigrids Mann ihr, doch zum Vergnügen mitzureisen. Aber das wollte sie nicht wegen des Kindes, das sie kürzlich bekommen hatte. Nun reiste der Mann allein und wie er heimkam, brachte er seiner Frau einen Brief von ihrem Vater mit, der schrieb darin, dass die Mutter gestorben sei und sie solle ihre Erbschaft aus dem Inselfjord holen. Wie aber ihr Mann nächsten Sommer wieder hinreiste, schickte sie ihrem Vater einen Brief mit, er solle das Erbe unter die armen Leute des Inselfjords verteilen, denn sie sei reich genug.

Im dritten Sommer, als das kleine Mädchen drei Jahre alt war, musste eines Tages Heu gebunden werden bei schönem Wetter draußen auf der Wiese. Alle waren draußen, nur Sigrid mit dem Kind war daheim. Da pochte es an die Tür. Sie ging hin mit dem Kinde und erblickte einen schönen Mann in vornehmer Kleidung mit einem schönen gesattelten Pferd. Er trat heran, grüßte und bat um einen Trunk. Sie grüßte freundlich wieder, ging hinein, holte Milch und gab sie ihm. Er trank und gab ihr das Gefäß zurück. Sie ging wieder hinein, um es nochmals zu füllen. Wie sie aber wieder herauskam, war er spurlos mitsamt dem Kinde verschwunden, das zum Spielen draußen geblieben war. Da erschrak sie und verwunderte sich, dass sie ihn auch in der Ferne nicht mehr sehen konnte und dass er so unglaublich schnell verschwunden war. Sie suchte überall und rief nach dem Kinde, aber das half ihr nichts. Da kam ein Knecht mit einem Zug heubeladener Pferde heim. Sie befahl ihm, schleunigst das Heu abzuladen, auf dem schnellsten Pferde zu ihrem Manne zu reiten und ihm zu sagen, ihr Leben hinge davon ab, dass sie ihn so bald wie möglich spreche. Dies tat der Knecht. Der Bauer kam sogleich heim und erfuhr von Sigrid alles. Er war sehr betrübt, aber beherrschte sich um seines Weibes willen. Er rief alle Leute vom Heu weg und die übrigen Talbewohner, um suchen zu helfen. Drei Tage suchten sie umsonst nach allen Richtungen. Sigrid wurde krank und legte sich und alle glaubten, dass sie sterben würde. Ihr Mann tröstete sie, so gut er konnte. Aber erst nach einem halben Jahr stand sie wieder auf, blieb aber immerfort traurig und blass.

Nun verging die Zeit und oft lud er sie ein, mit ihm an den Handelsplatz zu reisen, aber sie sagte immer, das mache ihr kein Vergnügen. Zwölf Jahre vergingen, ohne dass sich etwas Besonderes ereignete. Einmal nun wieder im Sommer rüsteten sich die Brüder gerade zur Abreise, da sprach Sigrid davon, dass sie auch etwas Lust verspüre mitzureisen und dass dies etwas bedeuten müsse. Der Bauer ging freudig darauf ein, denn er hoffte, nun werde sie ihren Verlust überwinden. Sie bekam das allerbeste Pferd und so brachen sie auf. Es wird nun von dieser Reise weiter nichts erzählt, als dass sie eines Abends ankamen und in der Nähe des Ortes abluden. Am andern Morgen lud der Mann Sigrid ein, mit ihm zu einem Kaufmannsladen zu gehen, weil es dort viel zu sehen gäbe. Es gäbe hier wohl viele Kaufleute, aber er handle immer nur mit dem einen. Auf dem Wege dorthin überraschte sie aber ein so heftiger Regenschauer, dass sie in ein Haus treten mussten. Darinnen saß ein Kaufmann und war gerade beim Schreiben. Sie begrüßten einander und außer dem Kaufmann war niemand in der Stube. Er bat nun den Kaufmann, er möge seiner Frau erlauben, hier drinnen zu sitzen, bis das Wetter vorüber sei. Der Kaufmann hieß sie willkommen, stellte einen Stuhl an das andere Tischende und bat sie, sich zu setzen. Der Bergbewohner ging wieder hinaus und Sigrid blieb zurück.

Der Kaufmann saß und schrieb, er sprach nicht mit Sigrid, allein sie merkte doch, wie er sie von Zeit zu Zeit ansah. Es kam ihr so vor, als hätte sie sein Gesicht schon irgendwann einmal gesehen. Endlich fing der Kaufmann an mit ihr zu sprechen und fragte sie, ob sie schon früher einmal in der Handelsstadt gewesen sei. Sie sagte Nein. Er wunderte sich darüber, dass sie ihren Mann niemals begleitet hätte und sagte, ihr Mann sei ihm wohl bekannt. Da sagte sie, sie habe niemals Lust verspürt zu der Reise, die ihr sonst wohl erlaubt worden sei, außer jetzt zum ersten Mal. Er meinte, es sei sehr gut, dass sie diesmal mitgekommen sei; dabei hörte er auf zu schreiben und fragte, ob sie denn kein Kind hätten, sie und ihr Mann. Sie verneinte dies und wurde ganz blass. Als er das sah, lächelte er und meinte, er glaube nicht, dass sie da die Wahrheit sage. Sie sagte, er möge glauben, was er wolle, ein Kind aber besäßen sie nicht. Er meinte, da sei er reicher als sie, denn er habe ein junges Mädchen und das wolle er ihr zur Kurzweil jetzt zeigen.

Er stand auf, ging in eine Kammer hinter der Stube und kam alsbald mit einem Mädchen zurück, das, wie Sigrid meinte, so ungefähr fünfzehn bis sechzehn Jahre alt war. Sie grüßte es und sah, dass es schön und blühend und prächtig gekleidet war. Der Kaufmann sagte, dies sei das Mädchen, das er gemeint habe. Sigrid konnte sich nicht satt sehen an ihr und betrachtete sie genau. Der Kaufmann hatte sich wieder hingesetzt und sah, wie sie wiederum ganz blass geworden war. Da fragte er Sigrid, ob sie nicht aus dem Inselfjord stamme? Das bejahte sie. Und ob sie nicht in Mödrufell gewohnt habe? Sie bejahte auch dies, ihre Eltern hätten da gewohnt. Ob sie sich nicht erinnere, dass sie in einer Weihnacht allein zu Hause geblieben sei? Sie sagte, sie erinnere sich. Ob sie sich auch erinnere, dass ein Mann am Fenster mit ihr gesprochen habe? Sie sagte, auch daran erinnere sie sich. Ob sie noch wisse, was sie damals zusammen gesprochen hätten? Sie bejahte das. Ob sie nicht finde, dass es nun so gekommen sei, wie ihr jener Mann beim Abschied gesagt habe? Sie sagte, gewiss fände sie, dass es nun so gekommen sei. Da sagte der Kaufmann, jetzt könne er sich nicht länger vor ihr verstecken und sprach: »Ich bin nämlich ebenjener Mann, der mit dir gesprochen hat, und ich gestehe, dass ich dich entführt hätte, wenn du mir damals geöffnet hättest. Aber das missglückte, und da wuchs in mir die Lust, Unheil zu stiften, und da habe ich das Verschwinden deiner Tochter bewerkstelligt. Das war vor zwölf Jahren, als sie drei Jahre alt war. Sie ist es, die ich hier bei mir habe und ich habe sie wie meine eigene Tochter gehalten. Sie hat alle weiblichen Kunstfertigkeiten erlernt und ist so gut wie möglich unterrichtet worden. Aber ich habe das Mädchen deshalb zu mir genommen, weil ich ein Abbild von dir selber haben wollte, so sehr liebte ich dich. Nun habe ich dir alles gestanden und nun hängt es von dir oder von euch Eheleuten ab, ob mir mein Plan gelingt. Gewiss wirst du mit

Recht zornig auf mich sein, trotzdem erbitte ich von euch das Mädchen zu meiner Frau.«

Sigrid sagte, sicherlich hätte sie ihre Tochter nicht so gut ausbilden lassen können, aber sie könne allein über die Heirat keine Entscheidung treffen. Der Kaufmann meinte, wegen ihres Mannes sei er keineswegs in Sorge, denn sie beide seien gute Bekannte. Da kam ein Knecht herein und Sigrid befahl ihm, ihren Mann zu holen, sie habe mit ihm zu sprechen. Der kam alsbald, Sigrid erzählte ihm alles und es herrschte nun große Freude. Der Kaufmann warb nun bei den Eltern um das Mädchen und sagte, dieses selber sei ihm wohlgeneigt. So kam es zur Verlobung und der Kaufmann sagte, das Mädchen könne nun vorerst drei Jahre bei den Eltern verbringen. Er wolle sie nicht heiraten, bevor sie achtzehn Jahre alt sei. Aber das Mädchen wollte sich auch nicht einen Tag von dem Manne trennen, so sehr liebte sie ihn. Und die Eltern waren ja nun auch beruhigt, denn sie wussten sie ja nun gut aufgehoben. Nach drei Jahren reisten sie wieder in die Handelsstadt und da feierte nun der Kaufmann seine Hochzeit mit großer Pracht. Sie wurden ein glückliches Paar und lebten lange und froh miteinander. Sigrid aber reiste jetzt jedes Jahr mit in die Handelsstadt, um da ihre Tochter zu besuchen. Auch sie lebte mit ihrem Manne bis in ihr hohes Alter in dem Tale. Und so schließen wir die Geschichte von Sigrid, der Sonne des Inselfjord.

*Ein Märchen aus Island*

# Die grüne Feige

Ein König, der eine einzige schöne Tochter hatte, bekam einen gar sonderbaren Einfall. Er ließ im ganzen Lande ausrufen, wer ihm um Weihnachten eine grüne Feige bringe, der solle Gemahl seiner Tochter werden. Nun war da ein Mann auf dem Lande, der hatte drei Söhne, von denen der älteste ein Schuster, der zweite ein Schneider war, der jüngste aber gar kein Handwerk trieb, sondern nur den Küchenpeter machte. Eines Tags um Weihnachten findet der Vater dieser drei Burschen einen Baum im Walde, an welchem drei grüne Feigen hingen. Er nimmt sie mit nach Hause, legt eine davon in ein Körbchen und sagt zu dem ältesten Sohne: »Zieh dein bestes Zeug an und bring diese Feige zum Könige!« Der Bursche kleidet sich flugs an und macht sich auf den Weg. Er kommt in einen großen Wald, da begegnet ihm ein altes Männchen und fragt: »Was hast du in dem Korbe?« – »Ih, was wollt' ich drin haben! 'n Dreck«, sagt der Schuster. »So!«, versetzt das Männlein, »ist's 'n Dreck, soll's auch 'n Dreck bleiben.« Der Bursche setzt nun seinen Weg fort und langt endlich vor dem königlichen Schlosse an. Hier fragt ihn die Wache, was er wolle. Er sagt: »Dem Könige eine grüne Feige bringen.« Man lässt ihn durch.

Als er vor den König tritt und sein Körbchen überreicht, findet sich's so, wie das Männlein gesagt hatte. Der Bringer erhält tüchtige Prügel und den Laufpass. Daheim erzählt er, seine Sendung sei unglücklich abgelaufen, unterlässt aber, rein auszubeichten, wie es hergegangen. Da sagt der Schneider: »Jedenfalls musst du dich recht dumm gestellt haben; ich würde es schon klüger anfangen, wenn der Vater mich mit einer andern Feige senden wollte.« – »Geh denn!«, sagt der Alte und legt ihm die zweite Feige in ein Körbchen. Der Schneider hatte dasselbe Abenteuer im Walde, antwortete dem Männlein noch unbescheidener und ward im Schlosse noch reichlicher mit Prügel bedacht, als sein Bruder. Heimgekehrt, mochte auch er keinen reinen Wein einschenken, sondern gab ebenfalls nur an, die Botschaft sei ihm missglückt. Jetzt verlangt der Aschenpeter mit der dritten Feige geschickt zu werden. Seine Brüder sagen: »Was willst du dummer Teufel da machen; dich lassen die Wächter nicht einmal durch.«

Der Jüngling lässt indes seinem Vater keine Ruhe, bis er ihm gestattet, mit der dritten Feige zu gehen. Auch er trifft das Männlein im Walde. Als er gefragt wird, was er im Körbchen habe, antwortet er offen und bescheiden: »Eine grüne Feige, die ich dem Könige bringen soll.« – »Nun, mein Sohn«, sagt das Männlein, »wenn du eine grüne Feige darin hast, soll's auch eine grüne Feige bleiben. Aber weil du ein so ehrlicher Jüngling bist, will ich dir auch etwas schenken. Hier hast du ein Pfeifchen! Wenn du darauf flötest, kommt alles, was du dir wünschest.« Der Bursche steckt dankend das Pfeifchen ein und gelangt vor das Königsschloss. Als er nach einigen Schwierigkeiten Einlass erhalten, überreicht er sein Körbchen, und siehe! die Feige war nicht verwandelt. Aber der Königstochter steht es schlecht an, den Burschen zum Gemahl anzunehmen. Sie sagt: »Unter einer Bedingung will ich dich: wenn du hundert Hasen, die im Stalle sind, acht Tage im Walde weidest und keinen verlierst.« Er nimmt das an, und sein Pfeifchen setzt ihn in den Stand, am ersten Abend alle hundert zurückzubringen. Da denkt die Prinzessin: »Hier muss List helfen.« Verkleidet reitet sie tags darauf durch den Wald, wo er hütet, und fragt: »Willst du mir nicht einen Hasen verkaufen?« – »Verkaufen nicht«, sagt er, »aber abverdienen kannst du mir einen.« – »Und womit?«, fragt sie weiter. »Wenn du dem Esel, den du reitest, den Hintern küssest«, versetzt er. »Lieber das« denkt sie, »als diesen Bauer zum Mann nehmen«, und lässt sich's gefallen. Er gibt ihr einen Hasen. Als sie aber eine Strecke fort ist, lässt er sein Pfeifchen ertönen. Stracks macht sich der Hase los und ist im Nu wieder bei seinem Hüter. So hat er auch am zweiten Abend alle hundert beisammen. Am folgenden Tage kommt die Königin verkleidet, und ihr geht's ebenso. Am vierten Tage entschließt sich der König, einen Versuch zu machen, und ihm geht's nicht besser.

Als die acht Tage um sind, denkt der Jüngling, er werde nun die Prinzessin erhalten. Aber jetzt verlangt der König noch eine Leistung. »Du musst mir«, sagt er, »zuvor drei Säcke voll Wahrheiten bringen.« Da bittet der Bursche sich Bedenkzeit aus, verlässt das Schloss und geht dem Walde zu. Indem er sich so den Kopf zerbricht und am Ende traurig alle Hoffnung aufgeben will, trifft ihn das Männlein und erkundigt sich teilnehmend, warum er so niedergeschlagen sei. Als er seine Sache erzählt hat, ruft er aus: »O, das ist ja gar nichts! Sage nur, was beim Hasenhandel vorgefallen ist!« Er geht darauf wieder ins Schloss und sagt: »Ich habe das Verlangte.« – »Lass hören!«, versetzt der König. »Als ich die Hasen hütete«, hebt der Jüngling an, »da kam am zweiten Tage die Prinzessin und wollte mir einen abhandeln; sie erhielt ihn aber nicht eher, bis sie ihrem Esel den H–« – »Halt!«, ruft der König, »ein Sack ist voll.« – »Tags darauf«, fährt der Bursche fort, »kam auch die Königin und wollte mir –« – »Halt!«, ruft der König, »der zweite Sack ist voll.« – »Am folgenden Tage«, sagte der

Bursche, »kam auch der –« – »Halt!«, ruft der König, »auch der dritte Sack ist voll.« Der König veranstaltete nun die Hochzeit, da wurde tüchtig geschmaust und getrunken. Ich bin auch mit darauf gewesen und in die Küche gegangen. Als ich da ein wenig am Braten nippelte, hat mich der Koch mit dem Schaumlöffel vor den Hintern geschlagen, dass ich geflogen bin bis hierher.

*Ein Märchen aus Westfalen*

# Das kleine Mädchen mit den Schwefelhölzern

Es war ganz furchtbar kalt, es schneite, und die Dunkelheit brach herein; es war auch der letzte Abend des Jahres, der Silvesterabend. In dieser Kälte und Finsternis ging auf der Straße ein kleines armes Mädchen, ohne Mütze und auf nackten Füßen.

Als sie von zu Hause aufgebrochen war, da hatte sie zwar Pantoffeln gehabt, aber was half das jetzt noch! Sie waren sehr groß gewesen, so groß, dass ihre Mutter sie zuvor getragen hatte; doch als die Kleine dann über die Straße eilte, weil zwei Wagen in rasender Geschwindigkeit vorüberfuhren, da hatte sie ihre Pantoffeln verloren. Der eine war nicht mehr zu finden, und mit dem anderen lief ein Junge davon; er sagte, er könne ihn als Wiege gebrauchen, wenn er selbst einmal Kinder hätte.

So ging das Mädchen nun auf nackten Füßchen, die waren vor Kälte rot und blau. In einer alten Schürze trug sie viele Schwefelhölzchen und hielt ein Bund davon in der Hand. Den ganzen Tag lang hatte ihr niemand etwas abgekauft, niemand hatte ihr einen kleinen Schilling gegeben; hungrig und verfroren ging sie weiter und sah ganz verschüchtert aus, die arme Kleine! Die Schneeflocken fielen auf ihr langes blondes Haar, das sich so hübsch im Nacken kräuselte, aber an diese Pracht dachte sie gewiss nicht. Aus allen Fenstern fiel heller

Lichtschein, und dann roch es in der Straße so herrlich nach Gänsebraten – es war ja Silvesterabend, ja, daran dachte sie.

In einem Winkel zwischen zwei Häusern, von denen eins etwas weiter als das andere in die Straße hineinragte, kauerte sie sich zusammen und zog die kleinen Beine dicht an den Körper, aber sie fror nur noch mehr. Nach Hause getraute sie sich nicht, denn sie hatte ja keine Schwefelhölzchen verkauft und keinen einzigen Schilling verdient. Der Vater würde sie schlagen, und kalt war es dort auch, über der Wohnung war nur das Dach, und obwohl die größten Ritzen mit Stroh und Lumpen zugestopft waren, pfiff der Wind herein. Ihre Händchen waren vor Kälte fast abgestorben. Ach, ein kleines Schwefelhölzchen könnte gut tun! Dürfte sie nur eins aus dem Bund nehmen, gegen die Wand streichen und sich die Finger daran wärmen! Sie zog eins heraus, ritsch! wie es sprühte, wie es aufloderte! Sie beschützte es mit der Hand, und es brannte mit einer warmen, hellen Flamme, wie ein Lichtlein – es war ein seltsames Licht! Das kleine Mädchen glaubte vor einem großen eisernen Ofen mit blanken Messingkugeln und einer Messingtrommel zu sitzen; das Feuer brannte so wunderbar, wärmte so gut! Nein, was war das? – Die Kleine streckte schon die Füße aus, um sie auch aufzuwärmen – da erlosch die Flamme, der Ofen verschwand – und in der Hand hielt sie einen kleinen Rest des abgebrannten Schwefelhölzchens.

Ein neues wurde angestrichen, es brannte, es leuchtete, und wo sein Schein auf die Mauer fiel, da wurde sie durchsichtig wie Flor. Das Mädchen konnte direkt ins Zimmer schauen: Der Tisch war mit einem blendend weißen Tuch und feinem Porzellan gedeckt, und herrlich dampfte die gebratene Gans, gefüllt mit Backpflaumen und Äpfeln! Und es kam noch schöner: Die Gans sprang aus der Schüssel, watschelte mit Messer und Gabel im Rücken durch die Stube, direkt auf das arme Mädchen zu – da erlosch das Schwefelhölzchen, und nur die dicke, kalte Mauer war zu sehen.

Sie zündete ein neues an. Da saß sie unter dem herrlichsten Weihnachtsbaum; der war noch größer und prächtiger geputzt als jener, den sie beim letzten Weihnachtsfest durch die Glastür beim reichen Kaufmann gesehen hatte. Tausend Lichter brannten auf den grünen Zweigen, und bunte Bilder wie die, mit denen man die Schaufenster schmückte, blickten zu ihr herab. Die Kleine streckte beide Hände danach aus – da erlosch das Schwefelhölzchen. Die vielen Weihnachtslichter stiegen immer höher, sie verwandelten sich in helle Sterne, einer davon fiel herab und zog einen langen Feuerschweif über den Himmel.

»Jetzt stirbt ein Mensch!«, sagte die Kleine, denn sie hatte von ihrer alten Großmutter gehört, die sie als Einzige gut behandelt hatte, nun aber tot war: »Wenn ein Stern fällt, steigt eine Seele zu Gott hinauf.«

Wieder strich sie ein Schwefelhölzchen gegen die Mauer, es leuchtete ringsum auf, und in diesem Glanz stand die alte Großmutter, so hell, so schimmernd, so mild und freundlich.

»Großmutter!«, rief die Kleine. »Ach, nimm mich mit! Ich weiß, wenn das Schwefelhölzchen ausgeht, dann bist du fort; genauso wie der warme Ofen, der herrliche Gänsebraten und der große, prächtige Weihnachtsbaum!« – Und rasch strich sie alle Schwefelhölzchen an, die noch im Bund waren, sie wollte die Großmutter recht festhalten; und die Schwefelhölzchen leuchteten mit einem solchen Glanz, dass es heller war als mitten am Tag. Nie zuvor war die Großmutter so schön, so groß gewesen; sie nahm das kleine Mädchen auf den Arm, und beide flogen in Glanz und Freude empor, empor; und da war keine Kälte, kein Hunger, keine Angst – sie waren bei Gott!

Doch in der kalten Morgenstunde saß im Winkel am Haus das kleine Mädchen mit roten Wangen, mit einem Lächeln um den Mund – tot, erfroren am letzten Abend des alten Jahres. Der Neujahrsmorgen ging über der kleinen Leiche auf, die ein Bund Schwefelhölzchen hielt, das fast abgebrannt war. »Sie wollte sich wärmen«, sagten die Leute. Niemand wusste, was sie an Schönem gesehen hatte, in welch einem Glanz sie mit ihrer alten Großmutter zur Neujahrsfreude eingegangen war!

*Hans Christian Andersen*

# Weißröschen und Rosenrot

Mitten in einem Wald, in einem kleinen Häuschen, wohnte eine arme Witwe mit ihren beiden Töchtern, die Weißröschen und Rosenrot hießen. Sie führten ein armes, aber redliches Leben. Weißröschen half der Mutter im Haushalt, Rosenrot fütterte das Geißlein und das Lämmchen und spielte mit der Taube, die auf einer Holzstange hinterm Ofen saß.

Die zwei Schwestern hatten sich sehr gern. Sie hielten einander immer an den Händen, wenn sie fortgingen. Weißröschen sagte zu ihrer Schwester: »Niemals werden wir uns trennen!«, und Rosenrot antwortete: »Wir werden uns niemals trennen!«, und die Mutter sprach: »Amen!«

Ich muss Euch noch sagen, dass sich dies zur Zeit zutrug, da es noch Hexen und Zauberer gab.

Eines Abends im Winter, es war gegen Weihnachten, hörte man an die Türe klopfen. Die Mutter ging öffnen. Draußen stand ein schönes Reh, das trug kein Rehgeweih, sondern ein prächtiges Hirschgeweih. Die Schwestern zitterten vor Furcht. Die Mutter aber sagte ihnen, dass sie sich nicht zu fürchten brauchten. Währenddessen wischte sie das schöne Tier ab, denn es war voll Schnee. Sie schürte das Feuer und machte ihm beim hellen warmen Feuer ein Lager. Am frühen Morgen öffnete sie ihm die Türe, und mit einem Satz sprang es in den Wald. Den ganzen Winter hindurch kam es, um sich aufzuwärmen, wenn es allzu kalt war.

Eines Tages klaubten die beiden Schwestern Holz. Sie hörten ein Geräusch hinter einem großen Wurzelstock und sahen einen kleinen Mann mit einem großen Bart, der sich in den Brombeerranken verfangen hatte. Er hatte bei sich einen Sack mit kostbaren Steinen, die in der Sonne funkelten. Er sagte: »Weißröschen, komm her zu mir, ich gebe dir diesen Schatz.«

Rosenrot hielt sie zurück und sagte: »Wir wollen uns niemals trennen.« – »Niemals wollen wir uns trennen«, sagte Weißröschen.

Die beiden Schwestern liefen nach Hause.

Ein anderes Mal gingen die Mädchen an einem Bach im Wald fischen. Da sahen sie den kleinen Mann wieder, wie er fluchend einen Sack aus den Ginstersträuchern zog. »Weißröschen, hilf mir!«, schrie er. Diesmal waren es Perlen, die in der Sonne glänzten. »Wir wollen uns niemals trennen«, sagte Rosenrot, und sie entflohen nach Hause.

Ein anderes Mal gingen die Mädchen an einen Bach im Wald Erdbeeren pflücken. Und wieder sahen sie den kleinen Mann. Diesmal hatte er einen großen Sack mit Goldtalern, die er in der Sonne zählte. »Weißröschen, komm her zu mir. Mein Vermögen gehört dir«, sagte er.

Im selben Augenblick kam von hinten das Reh und stürzte ihn mit seinem Geweih den Felsen hinab. Er war sofort tot. Alsbald wurde das Reh in einen schönen jungen Prinzen verwandelt, dessen Kleider in der Sonne glänzten. Er blies in ein goldenes Horn. Da füllte sich der ganze Wald mit Jägern, Knechten, Dienerinnen und mit einer Schar anderer Leute. Und eine prächtige Kutsche mit vier weißen Pferden stand da. Er hieß Weißröschen und Rosenrot aufsteigen, und sie fuhren zur Mutter. Der Prinz hielt um Weißröschens Hand an. Rosenrot sagte aber: »Wir wollen uns niemals trennen!« Der Prinz lachte und sagte zu ihr: »Niemals wollen wir uns trennen, denn du wirst meinen Bruder heiraten.«

Er erzählte, wie der kleine Mann, der ein Zauberer war, ihn eines Tages auf der Jagd in ein Reh verwandelt hatte, um ihm sein Vermögen zu nehmen und seine Schätze zu rauben.

Die Hochzeit dauerte vierzehn Tage. Im ganzen Land war die Freude so groß, dass man heute noch davon spricht.

*Ein Märchen aus der Schweiz*

# Die Unterirdischen

Einst war ein Mann in einer stürmischen Nacht zwischen Weihnacht und Neujahr vom Wege abgekommen. Durch die tiefen Schneetriften watend erlahmte seine Kraft und er konnte seinem Schicksal danken, dass er endlich unter einem dichten Wacholderbusch Schutz vor dem Winde fand. Hier gedachte er über Nacht zu bleiben, da er am anderen Morgen bei Tageslicht den Weg leichter zu finden hoffte. So zog er sich denn wie ein Igel zusammen, wickelte sich in seinen warmen Pelz und war halb eingeschlafen. Eine Weile mochte er so unter dem Busch geschlafen haben, als er sich von jemand gerüttelt fühlte. Als er aus dem Schlafe auffuhr, schlug eine fremde Stimme an sein Ohr: »Heda, Nachbar! Steh auf, sonst begräbt dich der Schneesturm unter der Trift, dass du hernach nicht mehr herauskommst!« – Der Schläfer hob den Kopf aus dem Pelz und öffnete die schlaftrunkenen Augen. Da sah er einen langen Mann von schlankem Wuchse vor sich stehen, der einen jungen Kiefernbaum, wohl doppelt so hoch wie er selbst war, als Stock in der Hand trug. »Komm mit mir!«, sprach der Mann mit dem Kiefernstock – »wir haben im Walde unter dem Schutz der Bäume ein Feuer aufgemacht, wo es sich besser ruht, als hier auf freiem Felde!«

Ein so freundliches Anerbieten durfte der Bauer nicht zurückweisen. Er stand sogleich auf und machte sich mit dem fremden Mann auf den Weg. Der Schneesturm wütete heftig, sodass man auf drei Schritt Entfernung nichts erkennen konnte; sobald aber der Fremde seinen Kiefernstab aufhob und mit lauter Stimme rief: »Oho, Sturmfrau! gib uns den Weg frei!« – so entstand vor ihnen eine breite Straße, wohin auch nicht das kleinste Schneeflöckchen drang. Links und rechts und hinter ihnen tobte der Schneesturm wie unsinnig, aber die Wanderer litten davon keine Beschwerde. Es war als hätte auf beiden Seiten eine unsichtbare Mauer dem Sturm gewehrt, auf sie einzudringen.

Nach einer Weile gelangten die Männer in den Wald, wo der Schein eines Feuers ihnen schon von fern ins Auge fiel.

»Wie heißest du?«, frug der Mann mit dem Kiefernstock und der Bauer antwortete: »Des langen Hans Sohn Hans!«

Am Feuer saßen drei Männer und trugen weiße leinene Kleider wie mitten im Hochsommer. Etwa dreißig oder mehr Schritte im Umkreise von ihnen schien voller Sommer zu herrschen. Der Moosgrund war trocken und mit grünen Blättern und Pflänzchen bestanden und auf dem Rasen liefen Ameisen und Käferchen hin und her. Und doch vernahm des langen Hans Sohn weither vom Felde das Brausen des Sturmes und das Gewirbel der Schneeflocken. Noch sonderbarer erschien ihm das lodernde Feuer, das einen gar hellen Schein verbreitete, aber nicht den geringsten Rauch gab. – »Was meinst du, Sohn des langen Hans, scheint dies Plätzchen nicht ein besseres Nachtlager zu bieten, als jenes draußen auf dem Felde unter dem Wacholderbusch?«, frug ihn der Fremde. Hans musste es zugeben und dem fremden Manne für seine treffliche Wegweisung noch Dank wissen. Dann warf er seinen Pelz ab, rollte ihn zu einem Kopfkissen zusammen und streckt sich am Feuer nieder. Der Mann mit dem Kiefernstock trug seinen Lägel aus dem Gebüsch herbei und bot unserem Hans einen Labetrunk. Das süße Getränk mundete ihm sehr und es ward ihm ganz wohl ums Herz. Der Mann mit dem Kiefernstock warf sich gleichfalls nieder und begann mit seinen Gefährten in einer fremden Sprache zu reden, von der unser Hans kein Wörtchen verstand. Deshalb war er binnen kurzem eingeschlafen.

Als er erwachte, fand er sich allein an einem fremden Orte, wo es weder einen Wald noch ein Feuer gab. Er rieb sich die Augen, rief sich das nächtliche Begebnis in Erinnerung und glaubte schon alles geträumt zu haben, konnte aber doch nicht begreifen, wie er an diesen fremden Ort geraten sei. Aus der Ferne drang ein gewaltiges Getöse an sein Ohr und er fühlte, wie der Boden unter seinen Füßen zitterte. Hans horchte eine Zeit lang auf, woher das Getöse käme, und beschloss dann in dieser Richtung vorwärts zu gehen, da er auf diese Art unter Menschen zu kommen hoffte. Wie er so dahinging, gelangte er vor eine Felsenhöhle, aus der das Getöse hervorscholl und ein schwacher Feuerschein ihm entgegenschimmerte. Er trat in die Höhle und traf da auf eine ungeheure Schmiede mit vielen Blasebälgen und Ambossen. Um jeden Amboss standen sieben Arbeiter. Närrischere Schmiede möchten wohl auf der Welt nicht zu finden sein! Die kniehohen Männchen hatten Köpfe, die größer als ihre schwachen Körperchen waren, und schwangen Hämmer in der Hand, die wohl doppelt so lang waren, als ihre Träger. Diese schweren Eisenkeulen ließen die Männchen so gewaltig auf die Ambosse niederfallen, dass selbst die allerstärksten Männer keine wuchtigeren Schläge hätten führen können. Die kleinen Schmiede trugen nichts anderes am Leibe als Lederschürzen, die ihnen vom Halse bis zu den Füßen reichten: am Rücken waren sie nackt, wie Gott sie geschaffen hatte. Im Hintergrunde an der Wand saß der unserem Hans bekannte Mann mit dem Kiefernstabe auf einem hohen Block und führte scharfe Aufsicht über die Arbeit der kleinen Gesellen.

Ihm zu Füßen stand eine hohe Kanne, aus der die Arbeiter ab und zu einen Trunk taten. Der Herr der Schmiede trug nicht mehr seine weißen Kleider von gestern, sondern einen schwarzen rußigen Rock und einen Ledergürtel mit breiten Schnallen um die Hüften. Den langen Kiefernstock hielt er aber in der Hand und gab damit den Gesellen von Zeit zu Zeit seine Winke, da hier im Getöse und Gedröhne niemand ein menschliches Wort vernehmen konnte.

Hans war ungewiss, ob ihn jemand bemerkt hätte oder nicht, denn Meister und Gesellen verrichteten ihre Arbeit emsig weiter, ohne sich um den Fremden zu kümmern. Nach einigen Stunden durften die kleinen Schmiede Rast halten, ließen die Blasebälge stehen und warfen die schweren Hämmer nieder. Jetzt, als die Arbeiter die Höhle verließen, erhob sich ihr Herr vom Blocke und rief den Hans zu sich. »Ich habe deine Ankunft wohl bemerkt«, sagte er, »aber die eilige Arbeit gab mir nicht früher Muße mit dir zu reden. Heute musst du mein Gast sein, um meine Lebensweise und meine Haushaltung kennen zu lernen. Weile so lange hier, bis ich die Arbeitskleider ablege!« Mit diesen Worten zog er einen Schlüssel aus der Tasche und öffnete im Hintergrunde der Höhle eine Tür in der Wand, wo er Hans eintreten und auf ihn warten hieß.

O welche Reichtümer und Schätze breiteten sich hier vor Hansens Blicken aus! Ringsum standen überall Gold- und Silberblöcke aufgestapelt und glänzten dem Beschauer entgegen. Hans begann zum Spaß die Goldblöcke eines einzigen Haufens zu zählen und war gerade bis fünfhundertundsiebenzig gekommen, als der Wirt zurückkehrte und lächelnd rief: »Lass das Zählen, es würde dir zu viel Zeit kosten! Nimm lieber etliche Stücke vom Haufen, die ich dir zur Erinnerung schenken will.« Man kann sich denken, dass Hans sich das nicht zweimal sagen ließ. Er umfasste mit beiden Händen einen Block, konnte ihn aber nicht von der Stelle rühren, geschweige denn aufheben. Der Herr der Schätze lachte und sprach: »Du armseliger Schwächling vermagst nicht einmal mein kleinstes Geschenk fortzutragen, musst dich also schon damit zufrieden geben, deine Augen daran weiden zu können!« – Mit diesen Worten führte er Hans in eine andere Kammer, von da in eine dritte, vierte und so fort, bis sie endlich in die siebente Höhlenkammer gelangten, die reichlich von der Größe einer Kirche und gleich den anderen Kammern von oben bis unten mit Gold und Silber angefüllt war. Hans staunte beim Anblick dieser unermesslichen Schätze, womit man alle Königreiche der Welt hätte kaufen können, die aber hier unter der Erde nutzlos verborgen lagen. Er fragte den Wirt: »Warum häufet Ihr so reiche Schätze hier an, wo kein lebendes Wesen das Gold und Silber nutzen kann? Kämen diese Schätze unter die Menschen, so würden sie alle reich werden und brauchte niemand mehr zu arbeiten und sich abzuquälen!« – »Das ist es eben,« versetzte der Herr der Schätze, »weshalb ich diese Reichtümer nicht unter die Menschen gelangen lassen darf; da ginge alle Welt in Trägheit zu Grunde, wenn niemand mehr für sein täglich Brot zu sorgen brauchte. Der Mensch ist geschaffen, um sich mit Arbeit und Mühe zu erhalten!« Hans wollte das durchaus nicht wahrhaben und stritt eifrig wider die Meinung des Hausherrn. Endlich bat er, ihm zu erzählen, wozu all das Gold und Silber hier als eines einzigen Mannes Besitz aufgespeichert wäre, der Besitzer aber dennoch seinen Reichtum unermüdlich zu mehren bedacht sei, obgleich er schon mehr als die Fülle davon habe? – Der Hausherr antwortete: »Ich bin kein Mensch, wenn ich auch menschliche Bildung und Gestalt trage; ich bin eines von den höheren Wesen, die nach Altvaters Ordnung die Welt zu beherrschen und zu verwalten geschaffen sind. Nach seinem Gesetz muss ich und müssen meine Gesellen rastlos unter der Erde Gold und Silber bereiten, wovon alljährlich ein kleiner Teil zum Bedarf der Menschen herausgegeben wird, so viel sie zur Betreibung ihrer Geschäfte notwendig brauchen. Doch soll niemand diese Gabe mühelos empfangen. Wir müssen das Gold zuvor fein stampfen und die Körner mit Erde, Lehm und Kies vermischen, wo man sie dann später glücklichenfalls entdeckt und mit vieler Mühe auswäscht. Aber, Freund, wir müssen unser Gespräch beenden, denn es ist bald Mittageszeit. Hast du Lust, meine Schätze noch weiter zu beschauen, so bleibe hier und erfreue dein Herz am Glanze des Goldes, bis ich dich zu Tische rufe!« – Mit diesen Worten schied er von Hans.

Hans schlenderte nun wieder allein aus einer Schatzkammer in die andere und versuchte hie und da ein kleines Stück Gold vom Haufen zu rühren, was ihm aber ganz unmöglich war. Er hatte schon früher erfahrenere Leute von der Schwere des Goldes reden hören, aber nie glauben mögen, was er jetzt nach einigen Versuchen erlebte. Nach einiger Zeit kehrte der Hausherr zurück, aber so verwandelt, dass Hans ihn im ersten Augenblick nicht erkannte. Er trug hellrote, feuerfarbene Seidengewänder, die mit goldenen Borten und Fransen prächtig geziert waren; ein handbreiter goldener Gürtel umschlang seine Hüften und auf dem Haupte saß ihm eine herrlich glänzende goldene Krone, aus welcher die Edelsteine wie Sterne in einer klaren Winternacht niederfunkelten. Statt des ehemaligen Kiefernstockes trug er in der Hand ein Stäbchen aus feinem Golde, an welchem Äste und Stümpfe saßen, sodass das Stäbchen wie ein Sprössling des großen Kiefernbaumes aussah.

Nachdem der königliche Hausherr die Türen der Goldkammern verschlossen und die Schlüssel eingesteckt hatte, nahm er unseren Hans bei der Hand und führte ihn durch die Schmiede in ein anderes Gemach, wo für sie das Mahl angerichtet war. Die Tische und die Sitze herum waren von Silber; mitten im Gemach stand ein prächtiger Speisetisch und zu beiden Seiten des Tisches ein silberner Stuhl. Das Ess- und Trinkgeschirr, die Schalen, Schüsseln, Teller, Kannen und Becher waren von Gold. Nachdem der Wirt mit seinem Gaste sich am Tische niedergelassen, wurden zwölf Gerichte nacheinander aufgetragen. Die Diener waren Männchen von der Art der Schmiedegesellen, aber nicht nackt wie diese, sondern alle in reinen, weißen Kleidern. Gar wunderbar kam unserem Hans ihre Behändigkeit und Geschicklichkeit vor, denn obgleich sie sichtbarlich keine Flügel trugen, so schienen sie doch in ihrer Leichtigkeit beim Hüpfen wie beflügelt. Da sie nämlich nicht bis zur Höhe des Tisches reichten, mussten sie jedes Mal wie Flöhe vom Estrich auf den Tisch hüpfen! Sie wussten aber die großen Speiseschüsseln und Schalen so geschickt zu halten, dass sie nicht ein Tröpfchen verschütteten. Während des Mahles füllten die kleinen Diener die Becher mit Met und köstlichem Wein aus den Kannen und kredenzten sie den Tafelgästen. Der Wirt unterhielt ein freundliches Gespräch und erklärte unserem Hans manches Geheimnis. So sagte er, als die Rede auf ihre Begegnung in der Schneesturmnacht kam: »Zwischen Weihnacht und Neujahr streife ich häufig zu meinem Vergnügen auf der Erde umher, um in das Leben und Treiben der Menschen etwas hineinzublicken und einige von ihnen kennen zu lernen. Was ich aber bisher von ihnen gesehen und erfahren habe, kann ich nicht rühmen. Die meisten Menschen leben einander zur Plage und zum Verdruss. Jedermann klagt mehr oder weniger über seinen Nächsten. Niemand erkennt seine eigenen Fehler und Mängel, sondern legt immer anderen zur Last, was er selbst verschuldet!« – Hans bemühte sich mit Eifer die Rede des Hausherrn zu widerlegen, bis ihm endlich die Zunge so schwer wurde, dass er kein Wort mehr entgegnen und noch weniger verstehen konnte, was der Hausherr sprach. Allmählich nickte er auf seinem Stuhle ein und wusste nicht, was mit ihm vorging.

Während er seinen Rausch ausschlief, hatte er seltsame, bunte Träume, in welchen die geschauten Goldblöcke immer wieder vor sein Auge traten. Im Traume fühlte er sich weit stärker, lud sich ein paar Goldblöcke auf den Rücken und trug sie leicht davon. Endlich drohte seine Kraft unter der schweren Bürde doch zu erlahmen, er musste sich niedersetzen und verschnaufen. Da vernahm er neckische Töne, die er für den Gesang der kleinen Schmiede hielt, wie ihm auch der Feuerschein von ihren Blasebälgen ins Auge fiel. Blinzelnd schaute er auf und gewahrte grünen Wald um sich und blühenden Rasen unter sich; statt des vermeintlichen Feuerscheins von den Blasebälgen der Schmiede schien ihm aber die Sonne freundlich ins Gesicht. Er schüttelte den Schlaf ab und brauchte eine geraume Zeit, um sich darauf zu besinnen, was ihm inzwischen begegnet war.

Als aber allmählich alle Erinnerungen in ihm wach wurden, dünkte ihn seine gegenwärtige Lage so wunderlich, dass es in keinem Stücke mit rechten Dingen zugehen konnte. Er erinnerte sich, dass er im Winter einige Tage nach Weihnacht in einer stürmischen Nacht vom Wege abgekommen und was dann weiter geschehen wäre. Er hatte die Nacht im Walde an einem Feuer unter fremden Leuten verbracht, war am selben Tage der Gast des Mannes mit dem Kiefernstock gewesen, hatte dort zu Mittag gegessen, viel getrunken – kurz, in allem nur ein paar Tage verjubelt. Jetzt aber war es rings um ihn her überall voller Sommer! Da musste doch ein heimlicher Zauber im Spiele sein! Als er sich nun erhob, fand er eine alte Feuerstelle in seiner Nähe, die im Sonnenschein wunderbar glänzte. Als er die Feuerstelle näher ins Auge fasste, entdeckte er, dass der vermeintliche Aschenhaufen aus feinem Silberstaub bestand und dass die nachgebliebenen Feuerbrände pure Goldstümpfe waren. O dieses Glück! Woher nur einen Sack nehmen, um den Schatz heim zu tragen? Aber Not macht erfinderisch! Hans warf seinen Winterpelz ab, fegte die Silberasche zusammen, dass auch kein Stäubchen übrig blieb, tat sie nebst den goldenen Feuerbränden auf den Pelz und schnürte ihn mit dem Gürtel in ein Bündel zusammen, damit nichts herausriesele. Obwohl die Last nicht groß war, drückte sie ihn doch tüchtig, sodass Hans wie ein ganzer Mann daran zu tragen hatte, bevor er einen geeigneten Platz fand, um seinen Schatz zu verbergen.

So war nun Hans durch ein unverhofftes Glück plötzlich ein reicher Mann geworden, der sich ein Landgut hätte kaufen können. Er ging mit sich zu Rate und fand zuletzt, dass es am besten sei, seinen alten Wohnort zu verlassen und weit von dort einen neuen zu suchen, wo ihn die Leute nicht kannten. Dort kaufte er sich ein schönes Bauerngut, wobei er noch ein gut Stück Geld übrig behielt, nahm ein Weib und lebte als reicher Mann bis an sein Ende. Vor seinem Tode hat er seinen Kindern das Geheimnis entdeckt, wie ihn der Herr der Unterirdischen reich gemacht. Von den Kindern und Enkeln verbreitete sich aber die Geschichte weiter.

*Ein Märchen aus Estland*

# Der Schneeriese

Es war einmal eine Frau. Ihr Mann war hart und grausam zu ihr. In einer Winternacht, als er sie wieder gequält hatte, lief sie aus dem Haus, durch das Dorf, in die verschneiten Felder. Die ganze Nacht und noch viele Tage wanderte sie immer weiter und weiter nordwärts. Kam sie auf ihrem Weg an Dörfer, so vermied sie diese und lief draußen auf der Landstraße entlang, aus Furcht, entdeckt zu werden. Sie wagte auch nicht, um Essen zu bitten, und da ihr Hunger stärker und stärker wurde, hob sie den Schnee auf und aß ihn. Die Kälte wurde auch immer ärger, und eines Tages, als die Nacht kam, wurde es so windig, dass sie kaum mehr weitergehen konnte.

Endlich kam sie an einen geschützteren Ort. Er sah aus wie ein Hügel mit fünf Buckeln, und als sie daran heraufklomm, sah sie, dass er einem Menschenfuß ähnelte. Zwischen zwei Erhöhungen, die wie Zehen aussahen, fegte sie den Schnee fort und legte sich dazwischen. Da war es warm und behaglich. Sie schlief ungestört bis zum Morgen.

Dann stand sie auf und ging weiter. Und wieder ragte aus der Ebene etwas auf. Und wie sie diese Erhöhung bei Einbruch der Nacht erreicht hatte, sah sie, dass jene Erhebung wie ein Knie aussah. Sie kroch darunter, und dort schlief sie wieder gut, warm und geschützt. Am nächsten Tag kam sie an eine Stelle, die wie ein Schenkel geformt war; aber da sie ganz aus Schnee bestand, so machte sie sich keine Gedanken darüber und schlief auch dort die ganze Nacht.

Die nächste Nacht schlief sie gar in einer schönen, warmen Vertiefung, die ganz einem Nabel glich.

Und die darauffolgende Nacht schlief sie zwischen zwei Hügeln, die wie Brüste aussahen. Wieder lief sie dann einen ganzen Tag in Sturm und Schnee und Kälte, und am Abend kam sie in eine geschützte geräumige Höhlung, in der sie so warm und gut schlief wie zu Haus in ihrem Bett.

Als aber der Morgen kam, wollte sie aufstehen; da hörte sie, gerade als sie aufstehen wollte, in der Gegend, wo ihre Füße lagen, eine mächtige Stimme: »Wer bist du, was treibt dich zu mir? Noch nie sah ich ein menschliches Wesen.«

Sie war sehr erschrocken, und obwohl sie nicht wusste, wer mit ihr sprach, fasste sie Mut und begann ihre Geschichte zu erzählen.

Als sie damit zu Ende gekommen war, sprach die Stimme wieder: »Nun gut, du kannst bei mir bleiben, aber du darfst nicht mehr in der Nähe meines Mundes oder meiner Lippen schlafen; denn wenn ich einmal ausatme, würde ich dich gleich in die Luft blasen. Du wirst wohl sehr hungrig sein; komm, ich will dir erst einmal etwas zu essen schaffen.«

Jetzt wusste die Frau, dass sie alle die Tage auf dem Körper eines mächtigen Riesen gewandert war und auf ihm geschlafen hatte. Als sie eine Weile gewartet hatte, wurde es plötzlich ganz dunkel, und eine große schwarze Wolke zog über den Himmel; als sie über ihr war, öffnete sie sich, und die Frau sah, dass es die Hand des Riesen war, die ihr ein Rentier herabreichte.

»Komm, iss das und brate es dir!«, sagte die Stimme. Die Frau riss schnell etwas von dem Strauchwerk, was da herumwuchs, aus, und obwohl es des Riesen Bart war, merkte der gar nichts davon. Sie machte sich ein Feuer und aß das Fleisch gierig auf; denn sie war sehr hungrig, weil sie alle Tage nur Schnee gegessen hatte.

Als sie fertig war mit dem Essen, sagte der Riese wieder: »Du musst jetzt von meinem Mund fortgehen, weil ich einmal tief ausatmen will, um den angesammelten Reif, der in meiner Lunge ist, zu beseitigen. Geh also schnell! Ich weiß einen Platz, wo du gut bleiben kannst. Geh in meinen Bart; dort, wo er am dichtesten ist, dort magst du bleiben.«

Die Frau hatte eben noch so viel Zeit, in den Bart des Riesen, das war das Strauchwerk, hinunterzusteigen, da brauste ein fürchterlicher Sturmwind über ihren Kopf dahin; er war von einem dichten Schneesturm begleitet. Als er aufhörte, war der Himmel wieder hell, aber ringsherum lag alles dicht voll Neuschnee.

Am anderen Morgen sagte der Riese zu ihr: »Suche dir einen guten Platz aus und baue dir aus meinem Barthaar eine Hütte.«

Sie sah sich nach einem Platz um und wählte schließlich auf der linken Seite des Nasenloches eine Stelle. Dort baute sie aus den Barthaaren eine Hütte. Hier lebte nun die Frau lange Zeit. Der Riese reichte ihr mit seiner Hand Seehunde und Rentiere und was sie sonst zur Nahrung brauchte, und wenn sie Feuer machen wollte, so riss sie sich etwas von den Barthaaren aus, die brannten ganz vorzüglich. Aus den Fellen der Tiere, die er für sie fing, machte sie sich nette Kleider und sammelte sie auf der anderen Seite der Nase.

Zu guter Letzt aber fand der Riese doch, dass sein Schnurrbart immer dünner wurde.

Da erfuhr er, dass sie das Haar als Feuerung benutzte. Er verbot es ihr von nun an, und sie durfte nur noch die kurzen Haare nehmen, die an der Seite seines Gesichtes wuchsen.

Nachdem eine Zeit vergangen war, fragte sie der Riese, ob sie nun nicht einmal wieder heim zu ihrem Mann gehen wolle.

Ja, das wolle sie schon; aber sie fürchtete, dass er sie wieder schlagen würde, und sie hatte daheim niemanden, der sie beschützen konnte.

»Ich werde dich beschützen«, sagte der Riese. »Schneide jetzt von allen Fellen, die du hast, die Ohrenspitzen ab und leg' sie in den Korb. Dann setze dich selbst vor meinen Mund, und wenn du einmal in Gefahr sein solltest, so vergiss nicht, mich zu rufen. Rufe mich bei meinem Namen: ›Kin-äk, Kinäk, komm zu mir und beschütze mich.‹ Geh jetzt und tu, wie ich dir gesagt habe. Es ist auch hohe Zeit, dass du fortkommst, denn ich bin schon lange müde, immer an einem Platz zu liegen; ich will mich auch einmal wieder umdrehen, aber wenn du dann noch da wärest, würdest du zerquetscht werden.«

Die Frau tat alles, was der Riese zu ihr gesagt hatte, und kauerte sich vor seinen Mund. Auf einmal erhob sich ein furchtbarer Sturm und Schneewehen stürmten um sie. Die Frau wurde in die Luft gehoben, und da der Wind sie schläfrig machte, schlief sie beim Fliegen ein. Als sie erwachte, war sie vor ihrem Heimatdorf; sie wollte es gar nicht glauben, bis sie das Gebell der heimischen Hunde hörte. Sie wartete, bis es Abend war, und dann ging sie, nachdem sie den Korb mit den Ohrenspitzen vorn in den Hausflur gestellt hatte, in das Haus des Gatten. Dieser hatte sie schon lange als tot betrauert, und die Freude über ihre Rückkehr war sehr groß. Die Frau erzählte ihm alles, und er versprach, sie nie mehr schlecht zu behandeln.

Als die Frau nun am nächsten Morgen durch den Hausflur ging, war sie sehr erstaunt. Der ganze Flur war mit kostbaren Pelzen angefüllt. Denn all die Ohrenspitzen hatten sich über Nacht in Pelze verwandelt.

Da waren sie beide sehr reich geworden, und der Mann wurde Häuptling des Dorfes. Kurze Zeit später gebar die Frau auch einen Sohn, und die Freude darüber war noch größer.

Zur Erinnerung an den Riesen wurde der Sohn Kin-äk genannt. Er wuchs rasch und war gewandt und kräftig wie kein anderer Knabe im Dorf.

Wieder nach einer Zeit aber, da hatte der Mann sein Versprechen, die Frau immer gut zu behandeln vergessen, und er wurde abermals unfreundlich und mürrisch gegen sie, ja, eines Tages war er so aufgebracht, dass er einen Stock nahm und die Frau schlug. Sie lief vor Angst aus dem Haus heraus, glitt aber draußen aus und fiel hin. Und als ihr Mann dicht neben ihr stand und den Stock hob, um sie zu schlagen, da besann sie sich auf den Riesen und rief: »Kin-äk, Kin-äk, komm zu mir.« Kaum waren die Worte aus ihrem Munde, erhob sich ein fürchterlicher Windstoß und Schneegestöber, und der Wind fegte den Mann weg, dass er nie wieder gesehen wurde.

Jahre gingen dahin, und der junge Kin-äk wuchs zu einem schönen, starken Mann heran und wurde ein guter Jäger. Aber leider war er wild und grausam.

Eines Abends kehrte er nach Hause zurück und erzählte seiner Mutter, er hätte zwei von seinen Gefährten getötet, weil er Streit mit ihnen gehabt hätte. Da erschrak seine Mutter und schalt ihn. Auch hatte sie Angst, die Verwandten der Toten könnten diese rächen. Doch die Zeit verging, und die Sache schien vergessen.

Es dauerte aber nicht lange, da kam Kin-äk abermals nach Hause und hatte wieder einen getötet. Und von nun an verging kein Tag, dass er nicht mit irgendwem Streit hatte. Schließlich hatte er so viele Leute erschlagen, dass ihm seine Mutter nicht länger erlauben wollte, im Dorf zu bleiben. Kin-äk konnte das gar nicht verstehen, und er wollte nicht fort. Die Mutter mochte ihn aber nicht länger im Hause haben, weil er so grausam war und so wild. So versorgte er sie noch mit Tieren und Fellen, damit sie während seiner Abwesenheit nicht Not und Hunger litte.

Zufällig ging Kin-äk in der gleichen Richtung, wie seinerzeit seine Mutter gegangen war. Und so kam er auch zu dem Kopf des Riesen.

Als der Riese erfuhr, dass er der Sohn der Frau sei, die seinerzeit bei ihm gewesen war, und dass er obendrein seinen Namen trüge, erlaubte er ihm, dazubleiben. »Aber«, sagte er, »du darfst nie an meine Lippen kommen, denn dann geschieht ein Unglück.«

Einige Zeit lebte Kin-äk nun ganz ruhig. Aber da er zu guter Letzt Langeweile bekam, fiel es ihm einmal ein, nachzusehen, was eigentlich an den Lippen des Riesen sei. Es war gar nicht so leicht, durch das dichte Bartdickicht des Riesen, in dem er wohnte, bis zu dessen Munde durchzudringen. Endlich aber erreichte er doch den Mund. Im selben Augenblick aber, da er über die Lippen schritt und zur Öffnung zwischen ihnen gelangte, blies ein mächtiger Windstoß heraus, wirbelte ihn in die Luft, und er ward nicht mehr gesehen.

Der Riese lebt noch immer hoch oben im Norden. Zwar hat ihn bis zum heutigen Tag niemand mehr gesehen; aber wenn er atmet, geben die wilden schneeigen Nordstürme des Winters von seinem Dasein Kunde.

*Ein Märchen aus Alaska*

# Von den zwölf Monaten

Es war eine Mutter, und die hatte zwei Töchter; die eine war ihre eigne, die andere ihre Stieftochter. Die eigne Tochter hatte sie sehr lieb, die Stieftochter konnte sie nicht einmal ansehen, bloß darum, weil Maruschka schöner war, als Holena. Die gute Maruschka wusste von ihrer Schönheit nichts; sie konnte sich gar nicht erklären, warum die Mutter so böse sei, so oft sie sie ansehe. Alle Arbeit musste sie selbst verrichten: die Stube aufräumen, kochen, waschen, nähen, spinnen, weben, Gras zutragen und die Kuh allein besorgen. Holena putzte sich nur und ging müßig. Aber Maruschka arbeitete gern, war geduldig, und ertrug das Schelten, das Fluchen der Schwester und Mutter wie ein Lamm. Allein dies half nichts, sie wurden von Tag zu Tag schlimmer, und zwar bloß darum, weil Maruschka je länger, desto schöner, Holena desto garstiger ward. Die Mutter dachte: »Wozu sollt' ich die schöne Stieftochter im Hause leiden, wenn meine eigne Tochter nicht auch so ist? Die Burschen werden auf Brautschau kommen. Maruschka wird ihnen gefallen, Holena werden sie nicht haben wollen!« Von diesem Augenblicke an suchten sie der armen Maruschka loszuwerden; sie quälten sie mit Hunger, sie schlugen sie, doch sie ertrug's geduldig und ward von Tag zu Tag schöner. Sie ersannen Qualen, wie sie braven Menschen gar nicht in den Sinn gekommen wären.

Eines Tages – es war in der Mitte des Eismonats – wollte Holena Veilchen haben. »Geh', Maruschka, bring' mir aus dem Walde einen Veilchenstrauß! Ich will ihn hinter den Gürtel stecken und an ihm riechen!«, befahl sie der Schwester. »Ach Gott, liebe Schwester, was fällt dir ein! Hab' nie gehört, dass unter dem Schnee Veilchen wüchsen«, versetzte das arme Mädchen. »Du nichtsnutziges Ding, du Kröte, du widersprichst, wenn ich befehle? Gleich wirst du in den Wald gehen, und bringst du keine Veilchen, so schlag' ich dich tot!«, drohte Holena. Die Stiefmutter fasste Maruschka, stieß sie zur Tür hinaus, und schloss diese hinter ihr. Das Mädchen ging bitter weinend in den Wald. Der Schnee lag hoch, nirgend war ein Fußstapfe. Die Arme irrte, irrte lange. Hunger plagte sie, Kälte schüttelte sie; sie bat Gott, er möchte sie lieber aus der Welt nehmen. Da gewahrt sie in der Ferne ein Licht. Sie geht dem Glanze nach und kommt auf den Gipfel eines Berges. Auf dem Gipfel brannte ein großes Feuer, um das Feuer lagen zwölf Steine, auf den Steinen saßen zwölf Männer. Drei waren graubärtig, drei waren jünger, drei waren noch jünger, und die drei jüngsten waren die Schönsten. Sie redeten nichts, sie blickten still in das Feuer.

Die zwölf Männer waren die zwölf Monate. Der Eismonat saß obenan; der hatte Haare und Bart weiß wie Schnee. In der Hand hielt er einen Stab. Maruschka erschrak, und blieb eine Weile verwundert stehen; dann aber fasste sie Mut, trat näher und bat: »Liebe Leute, erlaubt mir, dass ich mich am Feuer wärme, Kälte schüttelt mich!« Der Eismonat nickte mit dem Haupte und fragte sie: »Weshalb bist du hergekommen, Mädchen? Was suchst du hier?« – »Ich suche Veilchen«, antwortete Maruschka. – »Es ist nicht an der Zeit, Veilchen zu suchen, wenn Schnee liegt«, sagte der Eismonat. – »Ich weiß wohl«, entgegnete Maruschka traurig, »allein Schwester Holena und die Stiefmutter haben mir befohlen, Veilchen aus dem Walde zu bringen; bring' ich sie nicht, so schlagen sie mich tot. Bitte schön, Ihr Hirten, sagt mir, wo ich deren finde!« Da erhob sich der Eismonat, schritt zu dem jüngsten Monat, gab ihm den Stab in die Hand, und sprach: »Bruder März, setz' dich obenan!« Der Monat März setzte sich obenan und schwang den Stab über dem Feuer. In dem Augenblicke loderte das Feuer höher, der Schnee begann zu tauen, Bäume trieben Knospen, unter den Buchen grünte Gras, in dem Grase keimten bunte Blumen und es war Frühling. Unter Gesträuch verborgen blühten Veilchen, und eh' sich Maruschka dessen versah, gab es ihrer so viele, als ob wer ein blaues Tuch ausgebreitet hätte. »Schnell, Maruschka, pflücke!«, gebot der März. Maruschka pflückte freudig, bis sie einen großen Strauß beisammen hatte. Dann dankte sie den Monaten und eilte froh nach Hause. Es wunderte sich Holena, es wunderte sich die Stiefmutter, als sie Maruschka sahen, wie sie einen Veilchenstrauß trug; sie gingen, ihr die Tür zu öffnen, und der Duft der Veilchen ergoss sich durch die ganze Hütte. »Wo hast du sie gepflückt?«, fragte Holena störrig. »Hoch auf dem Berge, dort wuchsen ihrer unter Gesträuch in Menge«, erwiderte Maruschka. Holena nahm die Veilchen, steckte sie hinter den Gürtel, roch an sie, und ließ die Mutter riechen; zur Schwester sagte sie nicht einmal: »Riech' auch!«

Des andern Tages saß Holena müßig beim Ofen, und es gelüstete sie nach Erdbeeren. »Geh', Maruschka, bring' mir Erdbeeren aus dem Walde!«, befahl Holena der Schwester. »Ach Gott, liebe Schwester, wo werd' ich Erdbeeren finden! Hab' nie gehört, dass unter dem Schnee Erdbeeren wüchsen«, versetzte Maruschka. »Du nichtsnutziges Ding, du Kröte, du widersprichst, wenn ich befehle? Gleich geh' in den Wald, und bringst du keine Erdbeeren, wahrlich, so schlag' ich dich tot!«, drohte die böse Holena. Die Stiefmutter fasste Maruschka, stieß sie zur Tür hinaus, und schloss diese fest hinter ihr. Das

Mädchen ging bitter weinend in den Wald. Der Schnee lag hoch, nirgend war ein Fußstapfe. Die Arme irrte, irrte lange: Hunger plagte sie, Kälte schüttelte sie. Da gewahrt sie in der Ferne dasselbe Feuer, das sie den Tag zuvor gesehen. Mit Freuden eilte sie darauf zu. Sie kam wieder zu dem großen Feuer, um welches die zwölf Monate saßen. Der Eismonat saß obenan. »Liebe Leute, erlaubt mir, dass ich mich am Feuer wärme, Kälte schüttelt mich«, bat Maruschka. Der Eismonat nickte mit dem Haupte und fragte: »Warum bist du wieder gekommen, was suchst du?« – »Ich suche Erdbeeren«, entgegnete Maruschka. – »Es ist nicht an der Zeit, Erdbeeren zu suchen, wenn Schnee liegt«, sagte der Eismonat. »Ich weiß wohl«, antwortete Maruschka traurig, »allein Schwester Holena und meine Stiefmutter haben mir befohlen, Erdbeeren zu bringen; bring' ich sie nicht, so schlagen sie mich tot. Bitte schön, Ihr Hirten, sagt mir, wo ich deren finde!«

Der Eismonat erhob sich, schritt zum Monat, der ihm gegenüber saß, gab ihm den Stab in die Hand und sprach: »Bruder Juni, setz' dich obenan!« Der schöne Monat Juni setzte sich obenan, und schwang den Stab über dem Feuer. In dem Augenblicke schlug die Flamme hoch empor, der Schnee zerschmolz alsbald, die Erde grünte, Bäume umhüllten sich mit Laub, Vögel begannen zu singen, mannichfaltige Blumen blühten im Walde und es war Sommer. Weiße Sternlein gab es, als ob sie wer dahin gesetzt hätte. Sichtbar aber verwandelten sich die weißen Sternlein in Erdbeeren, die Erdbeeren reiften schnell, und eh' sich Maruschka dessen versah, gab es ihrer in dem grünen Rasen, als ob wer Blut ausgegossen hätte. »Schnell, Maruschka, pflücke!«, gebot der Juni. Maruschka pflückte freudig, bis sie die Schürze voll hatte. Dann dankte sie den Monaten schön, und eilte froh nach Hause. Es wunderte sich Holena, es wunderte sich die Stiefmutter, als sie sahen, dass Maruschka in der Tat Erdbeeren bringe, die ganze Schürze voll. Sie liefen, ihr die Tür zu öffnen, und der Duft der Erdbeeren ergoss sich durch die ganze Hütte. »Wo hast du sie gepflückt?«, fragte Holena störrig. – »Hoch auf dem Berge, dort wachsen ihrer in Fülle unter den Buchen«, erwiderte Maruschka. Holena nahm die Erdbeeren, aß sich satt, und gab auch der Mutter zu essen; zu Maruschka sagte sie nicht einmal: »Kost' auch!«

Holena hatten die Erdbeeren geschmeckt, und es gelüstete sie des dritten Tages nach roten Äpfeln. »Geh' in den Wald, Maruschka, und bring' mir rote Äpfel!«, befahl sie der Schwester. – »Ach Gott, liebe Schwester, woher sollten im Winter Äpfel kommen?«, versetzte die arme Maruschka. – »Du nichtsnutziges Ding, du Kröte, du widersprichst, wenn ich befehle? Gleich geh' in den Wald, und bringst du keine roten Äpfel, wahrlich, so schlag' ich dich tot!«, drohte die böse Holena. Die Stiefmutter fasste Maruschka, stieß sie zur Tür hinaus, und schloss diese fest hinter ihr. Das Mädchen eilte bitter weinend in den Wald. Der Schnee lag hoch, nirgend war eine Fußstapfe. Allein das Mädchen irrte nicht umher, es ging gerade auf den Gipfel des Berges, wo das große Feuer brannte, wo die zwölf Monate saßen. Sie saßen dort, der Eismonat saß obenan. »Liebe Leute, erlaubt mir, dass ich mich am Feuer wärme, Kälte schüttelt mich«, bat Maruschka, und trat zum Feuer. Der Eismonat nickte mit dem Haupte und fragte: »Weshalb bist du wieder gekommen, was suchst du da?« – »Ich suche rote Äpfel«, antwortete Maruschka. – »Es ist nicht an der Zeit«, sagte der Eismonat. – »Ich weiß wohl«, entgegnete Maruschka traurig, »allein Schwester Holena und meine Stiefmutter haben mir befohlen, rote Äpfel aus dem Wald zu bringen; bring' ich sie nicht, so schlagen sie mich tot. Bitte schön, Ihr Hirten, sagt mir, wo ich deren finde!« Da erhob sich der Eismonat, schritt zu einem der älteren Monate, gab ihm den Stab in die Hand, und sprach: »Bruder September, setz' dich obenan!« Der Monat September setzte sich obenan und schwang den Stab über dem Feuer. Das Feuer glühte rot, der Schnee verlor sich, aber die Bäume umhüllten sich nicht mit Laub, ein Blatt nach dem andern fiel ab, und der kühle Wind verstreute sie auf dem falben Rasen, eins dahin, das andere dorthin. Maruschka sah nicht so viele bunte Blumen. Am Talhang blühte Altmannskraut, blühten rote Nelken, im Tale standen gelbliche Eschen, unter den Buchen wuchs hohes Farrenkraut und dichtes Immergrün. Maruschka blickte nur nach roten Äpfeln umher, und sie gewahrte in der Tat einen Apfelbaum und hoch auf ihm zwischen den Zweigen rote Äpfel. »Schnell, Maruschka, schüttle!«, gebot der September. Maruschka schüttelte freudig den Apfelbaum; es fiel ein Apfel herab. Maruschka schüttelte noch einmal; es fiel ein zweiter herab. »Schnell, Maruschka, eile nach Hause!«, gebot der Monat. Maruschka gehorchte, nahm die zwei Äpfel, dankte den Monaten schön, und eilte froh nach Hause. Es wunderte sich Holena, es wunderte sich die Stiefmutter, als sie sahen, dass Maruschka Äpfel bringe. Sie gingen ihr öffnen. Maruschka gab ihnen die zwei Äpfel. »Wo hast du sie gepflückt?« – »Hoch auf dem Berge; sie wachsen dort, und noch gibt's ihrer dort genug«, erwiderte Maruschka. »Warum hast du nicht mehr gebracht? Oder hast du sie unterwegs gegessen?«, fuhr Holena zornig gegen sie los. »Ach liebe Schwester, ich habe keinen Bissen gegessen. Ich schüttelte einmal, da fiel ein Apfel herab; ich schüttelte zum zweiten Mal, da fiel noch einer herab; länger zu schütteln erlaubten sie mir nicht. Sie hießen mich nach Hause gehen«, sagte Maruschka. »Dass der Donner in dich fahre!«, fluchte Holena, und wollte Maruschka schlagen. Maruschka brach in Tränen aus, und bat Gott, er solle sie lieber zu sich nehmen, und sie nicht von der bösen Schwester und Stiefmutter erschlagen lassen. Sie floh in die Küche. Die genäschige Holena ließ das Fluchen und begann einen Apfel zu essen. Der Apfel schmeckte ihr so, dass sie versicherte, noch niemals in ihrem Leben so was Köstliches gegessen zu haben. Auch die Stiefmutter ließ sich's schmecken. Sie aßen die Äpfel auf, und es gelüstete sie nach mehr. »Mutter, gib mir meinen Pelz! Ich will selbst in den Wald gehen«, sagte Holena. »Das nichtsnutzige Ding würde sie wieder unterwegs essen. Ich will schon den Ort finden, und sie alle herabschütteln, ob es wer erlaubt oder nicht!« Vergebens riet die Mutter ab. Holena zog den Pelz an, nahm ein Tuch um den Kopf, und eilte in den Wald. Die Mutter stand auf der Schwelle, und sah Holena nach, wie es ihr gehe.

Alles lag voll Schnee, nirgend war ein Fußstapfe zu schauen. Holena irrte, irrte lange; ihre Genäschigkeit trieb sie immer weiter. Da gewahrt sie in der Ferne ein Licht. Sie eilte darauf zu. Sie gelangt auf den Gipfel, wo das Feuer brennt, um das auf zwölf Steinen die zwölf Monate sitzen. Holena erschrickt; doch bald fasst sie sich, tritt näher zu dem Feuer, und streckt die Hände aus, um sich zu wärmen. Sie fragt die Monate nicht: »Darf ich mich wärmen?«, und spricht kein Wort zu ihnen. »Was suchst du hier, warum bist du hergekommen!«, fragt verdrießlich der Eismonat. – »Wozu fragst du, du alter Tor? Du brauchst nicht zu wissen, wohin ich gehe!«, fertigt ihn Holena störrig ab, und wendet sich vom Feuer in den Wald. Der Eismonat runzelt die Stirn, und schwingt seinen Stab über dem Haupte. In dem Augenblicke verfinstert sich der Himmel, das Feuer brennt niedrig, es beginnt Schnee zu fallen, als ob wer ein Federbett ausschüttete, eisiger Wind weht durch den Wald. Holena sieht nicht einen Schritt vor sich; sie irrt und irrt, stürzt in eine Schneewehe, und ihre Glieder ermatten, erstarren. Unaufhörlich fällt Schnee, eisiger Wind weht, Holena flucht der Schwester, flucht dem lieben Gott. Ihre Glieder erfrieren in dem warmen Pelz.

Die Mutter harrte auf Holena, blickte zum Fenster hinaus, blickte zur Tür hinaus, konnte die Tochter nicht erharren. Stunde auf Stunde verstrich, Holena kam nicht. »Vielleicht schmecken ihr die Äpfel so gut, dass sie sich nicht von ihnen trennen kann«, dachte die Mutter, »ich muss nach ihr sehen!« Sie zog ihren Pelz an, nahm ein Tuch um den Kopf, und ging, Holena zu finden. Alles lag voll Schnee, nirgend war ein Fußstapfe zu schauen. Sie rief Holena; niemand meldete sich. Sie irrte, irrte lange; Schnee fiel dicht, eisiger Wind wehte. Maruschka kochte das Essen, besorgte die Kuh; doch weder Holena noch die Stiefmutter kam. »Wo bleiben sie so lange!«, sprach Maruschka zu sich, und setzte sich zum Spinnrocken. Schon war die Spindel voll, schon dämmerte es in der Stube, und es kam weder Holena noch die Stiefmutter. »Ach Gott, was ist ihnen zugestoßen!«, klagte das gute Mädchen, und sah zum Fenster hinaus. Der Himmel strahlte von Sternen, die Erde glänzte von Schnee, es ließ sich niemand sehen; traurig schloss Maruschka das Fenster, machte das Kreuz, und betete ein Vaterunser für die Schwester und Mutter. Des andern Tages harrte sie mit dem Frühstück, harrte sie mit dem Mittagsmahl; doch sie erharrte weder Holena noch die Stiefmutter. Beide waren im Wald erfroren. Der guten Maruschka blieb die Hütte, die Kuh und ein Stückchen Feld; es fand sich auch ein Hauswirt dazu, und beide lebten in Frieden glücklich miteinander.

*Ein Märchen aus Osteuropa*

# Die Jahreszeiten

Es waren einmal zwei Brüder, der eine hatte von den Eltern einen stattlichen Gutshof und viel gesundes Vieh geerbt, der andere nichts als eine kleine Hütte. Der Reiche kümmerte sich aber nicht um den Armen und gab ihm nicht einen einzigen Pfennig, sodass sich dieser mühsam als Taglöhner durchs Leben schlagen musste.

Einmal an einem kalten Wintertage musste der Arme eine Herde seines Dienstherrn in die Stadt treiben und verkaufen, und erst am Abend konnte er sich auf den Heimweg machen. Es war noch kälter geworden als untertags und dazu so finster, dass man die Hand nicht vor den Augen sehen konnte. Wie der Arme so hungrig und frierend durch die Gegend stolperte, denn er hatte im Dunkeln den rechten Weg verloren, sah er von fern ein Licht und ging darauf zu. Als er näher kam, erblickte er ein Feuer im Windschatten einer Mauer, wie sie sich die Hirten auf den Feldern errichten. Er ging dorthin und fragte die Männer, die dort saßen – es waren ihrer vier –, ob er sich auch ans Feuer setzen dürfe und sich ein wenig wärmen, denn er sei ganz durchgefroren.

»Aber ja«, sagte einer von den Männern, die gut gekleidet waren und gar nicht wie Hirten aussahen, »komm zu uns, iss einen Bissen und trink einen Schluck und wärm dich auf!«

Der Arme bedankte sich, setzte sich ans Feuer, aß und trank, was man ihm gab, und bedankte sich herzlich dafür. Endlich sagte einer der Herrn am Feuer, indem er den Ältesten von denen, die dort saßen, mit dem Ellenbogen anstieß: »He, Bursche, was sagst du zu dieser Kälte?« – »Je nun«, entgegnete der Arme, »es ist ja Winter und im Winter ist es kalt.« – »Aber«, so redete der junge Herr weiter, »was hältst du denn vom Winter? Ist das nicht ein schrecklicher Mann, über den alle Welt schimpft, und das mit Recht?« – »Nein«, sagte der Arme, »es ist schon gut so, dass der Winter ein rauer Geselle ist. Was wäre das Leben schon, wenn es ewig Frühling wäre! Aber es ist alles klug so vom Herrgott eingeteilt, und der Winter ist mir trotz allem so lieb wie seine Brüder, die anderen Jahreszeiten.«

Da wandte sich ihm der älteste der Herren zu und sprach: »Da du nicht auf mich geschimpft hast, wie es sonst die Menschen tun, will ich dich belohnen und dir etwas geben, was alle deine Sorgen für immer wegräumt. Schau dir diesen Ring hier an! So oft du ihn umdrehst und dir etwas wünschst, wirst du es erhalten.«

Da bedankte sich der Arme, verabschiedete sich von den vier Herren, die ihm fröhlich nachriefen: »Komm wieder, wenn du etwas von uns brauchst!«

Und als er eine Strecke gelaufen war und sich an einem Baum gestoßen hatte, sagte er: »Ach, wenn ich doch wenigstens eine Laterne hätte!« Und dabei drehte er den Ring um, und schwupp – da stand vor ihm eine Laterne, die ein gutes Licht warf. Der Arme nahm sie auf und leuchtete sich damit auf dem Weg.

Und als er eine Weile gelaufen war, sagte er seufzend: »O, wenn ich doch auch einen Esel hätte, dann müsste ich nicht meine Füße strapazieren!« Und er drehte seinen Ring. Und im gleichen Augenblick stand ein Esel mit einem Sattel vor ihm. Der Bursche setzte sich darauf und ritt heim zu seiner windschiefen Hütte.

Als er dort angekommen war, sagte er: »Ach, wenn ich doch statt der alten Hütte ein schönes Haus hätte!« Und kaum hatte er den Ring umgedreht, da war die alte Hütte in ein schönes, großes, neues Haus verwandelt.

Der Arme machte daraus eine Herberge, in der alle Armen, die dort vorbeikamen, umsonst essen und trinken und übernachten durften. Aber er duldete nicht, dass einer länger als drei Tage blieb, wenn er nicht krank war.

Nach einiger Zeit hörte der reiche Bruder, dass der Arme eine Herberge aufgemacht hätte und dass er die Armen darin umsonst bewirte. Da machte er sich auf, ging zu seinem Bruder, der ihn freundlich aufnahm und ihm zu essen und zu trinken vorsetzte, besser als er je gegessen und getrunken hatte. Endlich sagte der Reiche: »Wie machst du das denn, dass du alle Welt bewirten kannst? Das könnte ich nicht, selbst wenn ich es wollte, und ich bin doch wirklich reich.« – »Ja«, erwiderte der Arme, »die Sache ist die, dass ich einmal in der Nacht gewandert bin, mich verlaufen habe und endlich ein Feuer gesehen habe. Als ich hinkam, saßen da vier Männer, und einer von ihnen schenkte mir diesen Ring. Und wenn ich mir nun etwas wünsche, so erhalte ich es.« – »So, und wo war das Feuer mit den Männern? Und wie sahen sie aus?« – »Ach, das Feuer war etwa da und da. Und die Männer sahen wie reiche Herrn aus, die auf der Jagd sind.«

Der Reiche ging nun einige Zeit in der Gegend herum, die ihm der Arme genannt hatte. Und als ihm das Laufen zu mühsam wurde, kaufte er sich ein Pferd. Aber er konnte das Feuer mit den Herren lange Zeit nicht finden. Als er eines Abends im Hochsommer über Land ritt, entdeckte er in der Ferne einen Schein, er ritt darauf zu und erblickte ein Feuer, um das vier Herren saßen.

»Ich sehe, ihr habt dort zu essen und zu trinken. He, gebt doch mir auch etwas!« – »Wenn du was zu essen und zu trinken willst, dann musst du dich schon von deinem Pferd herunter bemühen, denn wir werden nicht deinetwegen aufstehen, um dir etwas zu bringen.«

Murrend stieg der Reiche ab, band sein Pferd an und setzte sich zu den Männern ans Feuer. Er aß und trank, als hätte er eine Woche lang nichts zu sich genommen, sagte nicht »danke«, sondern wartete auf ein Geschenk.

Die vier sahen ihn lange an, dann sagte einer, und er stieß dabei einen anderen, der wohl der Älteste war, mit dem Ellenbogen an: »Nun, was meinst du, wie gefällt dir denn der Winter.« – »Wenn den Winter nur der Teufel holen würde!«, sagte der Reiche mürrisch, »was hat man schon anders von ihm als Mühe und Plage. Was einem die anderen Jahreszeiten einbringen, nimmt einem der Winter wieder.«

Da sagte der Älteste: »So, du beklagst dich über den Winter. Findest du gar keine gute Seite an ihm?« – »Nein«, entgegnete der Reiche, »zwar sind die andern – Frühling, Sommer und Herbst – oft auch rechte Schelme und machen einem viel Arbeit, aber man hat wenigstens seinen Gewinn davon, während der Winter nur Schaden bringt.«

»Nun«, sagte der Älteste, »so will ich dich entschädigen. Hier nimm diese Zauberrute. So oft du wünschst, mehr zu bekommen, sprich nur: ›Rute, gib mir hundert!‹ Dann wirst du erhalten, was dir Not tut.«

Als der Reiche hatte, was er sich erhofft hatte, machte er sich ohne Gruß auf, setzte sich aufs Pferd und ritt heim. Und kaum war er in seinem Hof angekommen, da öffnete er seine Geldtruhe und rief: »Rute, gib mir hundert!« Denn er dachte, es würde nun Goldstücke regnen. Aber statt Geld begann die Rute auf seinem Rücken zu tanzen, und er konnte noch so viel schimpfen und schreien, fluchen und bitten, die Rute kam nicht zur Ruhe, ehe sie ihm nicht hundert Hiebe ausbezahlt hatte. Der Reiche blieb halb tot liegen und hat nie mehr seine Rute aufgefordert, ihm hundert zu geben.

Der Bruder aber, der einst arm gewesen war, vergaß über dem Hab und Gut, das er dem Zauberring verdankte, nicht, dass es Arme gibt, und lebte ebenso glücklich wie wohltätig.

*Ein Märchen aus der Provence*

# Schneeflöckchen

Schneeflöckchen war eine arme verwandelte Prinzessin, die in der Welt umherflog und Liebe suchte. Sie war ein wunderschönes Kind, schneeweiß und lieblich von Farbe mit himmelblauen Äuglein und blonden Löckchen, und ihr Vater war ein sehr mächtiger König in Indien. Als sie sechs Jahre alt war, da starb ihre Mutter und sie bekam eine böse Stiefmutter. Diese gebar dem Könige auch zwei Töchter, aber die waren hässlich wie Krähen, und Schneeflöckchen blühte nur noch anmutiger, wenn sie neben diesen beiden stand. Dies ärgerte die Königin, die eine böse Hexe war, und sie sann auf allerlei Tücken, wie sie das schöne Kind verderben könnte, das nun schon zwölf Jahre alt war. Sie musste sich aber vor dem Könige in Acht nehmen, denn er liebte Schneeflöckchen mehr als sein Leben. Gern hätte sie das Kind durch Gift oder Eisen weggeschafft, aber das deuchte ihr zu gefährlich und konnte verraten werden, sie meinte es also sicherer durch Hexerei zu verderben. Und eines Tages, als sie es wusch und ihm ein reines Hemdchen anzog, da schmierte sie es mit einer Salbe ein, sprang dann sehr lebendig um das Kind herum und streichelte und herzte es, ward darauf plötzlich zu einer schwarzen Füchsin und beleckte das Kind, das erschrocken dastand, mit ihrer geschwinden Zunge und murmelte die Worte:

»Schneeflöckchen flieg hin!
Fliege durch die Welt hin!
Heute kalt und morgen warm!
Schlaf in keines Mannes Arm,
Der nicht in das fünfte Jahr
Treu dir ohne Wandel war.«

Und in demselben Augenblicke, als sie von der Füchsin geleckt worden und die Worte über sie hingemurmelt waren, ward die hübsche kleine Prinzessin zum Schneeflöckchen. Und die alte Hexe öffnete das Fenster und ließ sie hinausfliegen. Es war aber ein kalter Wintertag, als dies geschah, und die böse Stiefmutter rief ihr höhnend nach: »Fliege nun und friere bis in Ewigkeit! Eher mag ich wieder jung werden wie du, als du einen Mann findest, der einem Schneeflöckchen fünf Jahre bis in die innersten Gedanken treu bleibt.«

Und die süße kleine Prinzessin Schneeflöckchen flog mit den andern Schneeflocken im kalten Winde umher und fror und zitterte und wimmerte wie die andern. Es fühlte aber, warum es trauerte, denn es hatte die allersüßeste und allerwärmste Seele behalten, obgleich es so jämmerlich verwandelt war, und musste auch als Schneeflöckchen durch die weite wüste Welt nach Liebe umherfliegen. Da war ihr denn das Traurigste, wenn sie je einmal auf ein hübsches Gesichtchen flog oder an eine schöne Brust sich schmiegte oder auf ein warmes Händchen sich hinabsenkte, dass sie unfreundlich weggeblasen und abgeschüttelt ward, als habe sie nur unangenehmen Frost gebracht, wie alle anderen Schneeflocken. So musste sie immer wieder in die Welt hinein, wann sie gehofft hatte, einmal in Liebe auszuruhen, und flog den langen traurigen Winter umher und lag den gefrorenen Bergen und den Steinen und den eisigen Seen an der kalten Brust und weinte und ächzte um Liebe, die sie nirgends fand. Und als es warm ward und die ersten Vöglein wieder sangen, da durfte sie nicht bleiben an der schönen Sonne, sondern musste in die Dunkelheit, denn der Winter fing sie ein mit den andern Schneeflocken und sperrte sie alle in den Tiefen und Höhlen der alten Berge ein, dass sie da lägen, bis er wieder auf die Erde emporkäme.

Da lag nun Schneeflöckchen den schönen Frühling und den warmen Sommer und Herbst und verlebte ihre Stunden in Sehnsucht und Traurigkeit: in Sehnsucht, denn alle Erinnerungen waren in ihrem dünnen Schneeleibchen geblieben; in Traurigkeit, denn sie zweifelte, ob sie jemals Liebe finden würde. Da hat sie manche wehmütige Töne geflüstert und manches traurige Liedlein geächzt, die allein die stummen Felswände gehört haben. Also klang eines der Liedlein, das sie oft schmerzensvoll sang und das ein tiefer Durchklang ihres Schicksals zu sein schien:

Geister in den dunklen Höhlen,
Geister in der tiefen Nacht,
Habt ihr Liebe, habt ihr Seelen,
Gebt auf meine Klagen Acht,
Die ich seufze, die ich weine,
In der stummen Einsamkeit,
Ferne von dem Sonnenscheine,
Von des Lebens Lieblichkeit.
Aus der süßen Welt verstoßen,
Welche warme Herzen hat,
Mit den Stürmen, mit den Schloßen
Flieg' ich schaurig meinen Pfad;
Zitternd vor den leichten Winden,
Vor der Lüfte Wankelmut,
Kann ich nirgends Ruhe finden.
Ach! Ich armes junges Blut:

Und mein Seelchen voll von Liebe
Saus' ich durch die öde Welt,
Welche meine schönsten Triebe
Nur für Winterlügen hält,
Muss dem Stein am Busen frieren
Und dem starren harten Eis,
Das sich wohl mit Glanz zu zieren,
Aber nicht zu lieben weiß.

Und so kann ich einsam fliegen
Durch die lange Ewigkeit,
Und dies Herz wird nie sich schmiegen
An ein Herz voll Zärtlichkeit;
Wie ich brenne, wie ich glühe,
Keine Seele glaubt es je,
Wenn ich gleich von Flammen sprühe,
Heiß' ich doch der kalte Schnee.

O wo lebt das holde Wesen,
Wenn ihr's wisst, so sagt's mir an,
Welches diesen Zauber lösen,
Diese Liebe fühlen kann?
O wo lebt die seltne Treue,
Welche Stahl und Eisen schmelzt
Und für mich ein kühner Leue
Sich durch Feu'r und Strudel wälzt?
Ach! Ihr Elfen! Ach! Ihr Zwerge!!
Was verkünd' ich euch die Pein?
Ihr seid hart wie eure Berge,
Ihr seid kalt wie euer Stein.
Denn was nie an Menschenherzen
In der süßen Liebe lag,
Ahnet nichts von diesen Schmerzen,
Dieser Sehnsucht, dieser Schmach.

So hatte Schneeflöckchen eine lange, lange traurige Zeit in den düstern Berghallen gelegen und den stummen Steinen und gefühllosen Wassern und Lüften, die vorbeirauschten, ihr Leid geklagt, da kam der Winter wieder und öffnete die Tore und trieb seine leichtgeflügelten Scharen in die Welt hinaus. Und Schneeflöckchen flog mit den andern aus und musste wieder nach Liebe durch die Welt umherfliegen; und die leichten Winde kamen und nahmen sie mit und trugen sie über Länder und Meere hin. Einmal lag sie bei diesen Reisen auf dem Gipfel des kalten Kaukasus und seufzte und ächzte jämmerlich in dem bitteren Gefühle ihrer Verlassenheit unter den kalten, lieblosen Gesellen, mit welchen sie leben musste. Und als Schneeflöckchen hier zum Sterben krank war vor Liebe, da hörte sie unter sich in einer Bergschlucht jemand so jammervoll stöhnen und klagen, dass einem Stein davon das Herz hätte springen können. Und Schneeflöckchen flog auf und flog flugs hin, woher die Stimme tönte. Und sie sah unter einem kahlen Baum, durch dessen wenige falbe Blätter der wintrige Wind heulend pfiff, einen Jüngling stehen, stattlich und reisig von Wuchs und schön von Gestalt. Er stand aber fast nackend da, sein Waffenkleid, sein Panzer und Helm und Schild lagen im Schnee umhergestreut, sein edles Ross stand seitwärts und kratzte Gras unter der Schneekruste hervor und fraß, seine Sporen lagen zerbrochen, sein Wams lag zerrissen neben ihm, in der Rechten hielt er ein blankes Schwert, und seine Haare flogen wild im Winde, und seine Blicke sahen verstört, wie wenn einer in eine Wüste hineinstarrt, und von seinen Lippen ächzten jammervolle Klagen. Schneeflöckchen legte sich angstvoll und schweigend zu seinen Füßen und dachte bei sich: »Ach, wenn der Mann wehvoll ist wie ich und unglücklich durch Liebessehnsucht, so mag er mich hier zertreten in seiner Verzweiflung, dass ich den letzten Atem von Leben und Bewusstsein verliere! Das sollte mir der süßeste Tod sein.« Er klagte aber also:

»Seid mir willkommen, Orte der Trauer! Ihr wüsten Felsen, kahlen Bäume, du raue und finstere Kluft und ihr Winde, die ihr mit dem Schneegestöber dahinpfeift – ihr seid mein Leichengefolge, meine Leichenmusik, wie ich sie liebe. Du bist hin, edle Stärke, worauf ich getrotzt habe, du bist verwelkt, Schönheit, welche Frauen und Jungfrauen gepriesen haben, du hast dich verschmachtet und verblutet, arme kranke Seele, und sollst hier die Ruhe und den Frieden finden, den die kalte Erde dir nicht geben kann. O kalte Erde: bald nicht mehr zu kalt, bald ein stilles, kühles Bett dem Starren und Gefühllosen. Komm, treues Schwert, du treuer Freund und Schirmer in so manchen Schlachten und Abenteuern! Tu mir den letzten Dienst! Schneide dies Herz entzwei, das schon genug zerschnitten ist, dies arme Herz, dem alle Güter und Schätze gegeben waren, nur der einzige höchste Schatz der Liebe nicht. O, wenn dieser kalte hässliche Dornstrauch lieben könnte, ich wollte ihn umarmen, ich wollte ihn an meine Brust, ja in meine Brust hineindrücken, dass sie von seinen hundert Spitzen bluten sollte, und ich wollte jauchzen vor Seligkeit; ja dich dünnen Schnee wollt' ich nehmen, wenn deine Kälte zu Liebe erwärmen könnte, wollte mir die Hände von dir vollballen und dich tragen als meine köstlichste Habe, und Himmel und Erde sollten meinen Schrei hören: ich bin geliebt! Ich bin glückselig! Ja, eine Otter, eine Kröte wollt' ich umarmen und sie Braut nennen und Zärtling und Liebling. Nein! Nein! Nimmer! Nimmermehr! Komm denn, Schwert! Und komm denn, Tod! Du Retter aus allen Nöten! Und mache der elenden Posse ein Ende!« Und er rüstete sich zuzustoßen.

Und es war dem kleinen Schneeflöckchen wie ein Blitz durch das zärtliche Seelchen gefahren, und sie hob die Flügelchen auf und senkte sich sanft in seine Hand, als sie eben den letzten Stoß tun wollte. Und er fühlte es wie warm und als brennte ihn etwas. Und er schaute in die Hand und sah Schneeflöckchen da liegen in seiner zarten gefiederten Gestalt. Und Schneeflöckchen, die eben eine Seele suchte, ward immer wärmer und brannte ihn wirklich. Und erstaunt ließ der Mann das Schwert fallen und sah Schneeflöckchen an, als verstände er das holde Kind, das nicht viel gewichtiger als ein wehendes Lüftchen auf seiner Hand lag, und voll Entzücken rief er: »Was? Was? Sie ist's? Ist sie's? O gnädiger Gott! So will ich leben! Und würde es eine Ewigkeit, sie soll mir nicht zu lang sein!« Und Schneeflöckchen, das diese Worte hörte, zerrann vor Entzücken und ward ein glänzender Tropfen, der hell in seiner Hand lag und um Liebe zu flehen schien und wie das blaue Himmelsaug' eines Engels aussah. Und der Mann sah das funkelnde Tröpfchen, das immer noch warm in seiner Hand glühte, und lief eilends zu einem Baum, der noch einige frische Blätter hatte, und nahm das grünste Blatt und goss das Tröpfchen da hinein und barg es sorgsam an seinem Leibe. Dann kleidete und waffnete er sich, schwang sich auf sein Ross und ritt im Fluge der nächsten Stadt zu.

Nun muss ich erzählen, wer dieser Mann war und woher er kam und was ihm begegnet war.

Er war ein edler Prinz, eines Königs Sohn im Lande Arabien, wo das Gold wächst und die Myrrhen und andere köstliche Kräuter. Er war unter den wunderbarsten Umständen zur Welt geboren und mit so unvergleichlicher Schönheit geschmückt, dass sein Vater, der König, und die Weisen des Landes von seiner frühesten Kindheit an sehr aufmerksam auf ihn waren, denn sie meinten, sein Leben werde gewiss auch von ungewöhnlichen Schicksalen geführt werden. Sie fragten das Los, sie fragten die Sterne viel über ihn, sie spielten mit Rätseln und Wahrsagern um ihn, aber das Los wollte nicht fallen und die Sterne wollten nicht sprechen, und die Rätsel und Wahrsager wollten kein rechtes Geisterspiel spielen – sie blieben im Dunkeln über seine Zukunft. Aber über sein Herz blieben sie nicht lange dunkel. Der Prinz zeigte von Kind auf eine ungewöhnliche Zartheit und Weichheit des Gemütes, und in seinen großen und schwarzen Augen lag eine Wehmut und Schwärmerei, welche dem alten Könige bange machten, sodass er zu seinen Weisen und Räten wohl zuweilen zu sagen pflegte: »Der Knabe muss strenge erzogen werden und immer unter Menschen und im vollen Getümmel sein. Er könnte sonst ein Träumer oder Sternseher werden, welche die schlechtesten Könige sind, oder die Liebe, die verderblichste und gefährlichste aller Leidenschaften, könnte ihn ganz aus der Bahn der Tugenden treiben.« Alle Gebärden, alle Bewegungen des Prinzen waren ebenso sanft und zart als seine Seele, und sein Stimmchen klang leise und lieblich wie ein Sommerlüftchen, wenn es durch Maiblumen hinspielt. Deswegen ward er Prinz Bisbiglio genannt, welches zu deutsch soviel heißt als Gelispel.

Als Prinz Bisbiglio vier Jahre alt geworden war, tat der König, sein Vater, ihn nicht in die Einsamkeit zu einem Weisen, wie die Könige im Morgenlande zu tun pflegen, die da glauben, im Getümmel der Hauptstadt und im Glanze und der Üppigkeit des Hoflagers könne schwerlich jemand zur strengen Tugend gezogen und geübt werden, sondern er schickte ihn zu einem alten grauen Kriegsmann, der mit einer reisigen Kriegsschar immer auf der Warte lag und die Grenzen hütete. Da sollte er wie ein Krieger erzogen werden, nichts sehen als Rosse und Waffen, nichts hören als Waffenklang und Trompeten und Pfeifen, kein andres Lager kennen als ein hartes Soldatenbett und keine andere Flur und Au als die Tummelplätze und Übungsplätze, worauf Menschen und Pferde auch kein Gräschen grünen ließen. Künste sollte er nicht lernen, denn der König fürchtete, die Künste würden ihn zu weich machen und ihm die strenge Arbeit verleiden, welche die beste Kunst für den ist, der als Mann Männer befehlen soll. Der Prinz lebte in diesem Lager zehn Jahre und ward ein vollkommener Kriegsmann, in allen Waffen geübt, ein Meister, die Rosse zu tummeln und die Lanze zu werfen; außerdem war er schlank und reisig von Leibe und für sein Alter sehr stark.

In seinem fünfzehnten Jahre ließ der Vater ihn zurückkommen an seinen Hof und freute sich des schönen Jünglings und seiner weisen Erziehung. Aber was half sie ihm? Was die Natur in den Menschen gesät hat, das muss früher oder später einmal Wurzel treiben, es ist unvertilgbar wie das Leben und lässt sich mit dem Leben selbst nur ausrotten. Prinz Bisbiglio hatte nun in zehn Jahren nichts gesehen als raue und eiserne Männer des Kriegs und Lanzen, Bogen und Säbel, er hatte in keine Sterne geguckt, auf keine Nachtigallen gelauscht, in keinem Tanze sich mit umgeschlungen. Doch waren so viele Sterne und Nachtigallen und Tänze in seiner Seele, dass sie von allem eisernen Lärm und eisernen Übungen nicht unterdrückt werden konnten. Ja sie wurden in ihm nur lebendiger, je mehr sie in das tiefste Innere seines Gemütes zurückgedrängt wurden. Bisbiglio war ein Kind der Sehnsucht und Liebe und mitten in dem Feldlager unter den harten und rauen Kriegern hatte sein unbewusstes Herz immer nach Liebe gelechzt, sie hatte er aus allen Winken und Blicken, aus allen Liedern und Märchen gesogen, die auch von ganz etwas anderem klangen, ja aus jedem leisesten Worte, das nur so lose vor ihm gesprochen war; sein eignes Herz hatte ihm früh genug diesen bunten Himmel mit allen seinen Sternen und Nachtigallen geöffnet. So allmächtig ist der angeborene Trieb.

Bisbiglio stand jetzt in der Blüte der Jahre, wo die Phantasie am lebendigsten ist. Er sehnte sich hinaus in die weite schöne Welt, damit er ihre Schönheit und Herrlichkeit erkundete, und ging zu seinem Vater, dem Könige, und bat ihn, dass er ihn ziehen lasse, wie andere Prinzen ausziehen und sich durch fürstliche und ritterliche Abenteuer einen Namen machen. Der Vater erlaubte es ihm gerne, denn er dachte: Dieser ist ein fester Jüngling, unter Eisen und Waffen erzogen, den werden die girrenden Tauben der Liebe und die schmeichelnden Sirenen der Zärtlichkeit nicht von der Heldenbahn ablocken. Aber Bisbiglio meinte es anders, als seine Worte vor dem Vater klangen: Er wollte keine anderen Abenteuer als Abenteuer der Liebe, er wollte auf die Liebe ausreiten, er wollte so lange suchen in der weiten Welt, bis er die Liebe fände, die er sich von jeher als das höchste und seltenste Gut gedacht hatte. Er hatte nämlich in dem Feldlager am Euphrat oft das Märchen erzählen gehört von dem persischen Prinzen Sospirio, der zwanzig Jahre nach der Liebe durch die ganze Welt umhertrabte und sie endlich in einem schneeweißen Dornröschen fand, das mitten in der Wüste Afrikas verborgen und einsam blühte. Dies waren die hohen und geheimnisvollen Sterne, nach welchen Bisbiglio früh guckte, dies waren die süßen Nachtigallen, die ihm selbst da sangen, wo Streitrosse um ihn wieherten und Speere auf Schilden zersprangen; von wundervollen Abenteuern, von Kämpfen mit Riesen und Drachen, von Verwandlungen und Bezauberungen hatte er Tag und Nacht geträumt, aber nicht bloß um ritterliche und königliche Scherze und Spiele, nein, alles um Liebe und immer um Liebe.

So war er in die Welt ausgezogen und zog nun schon das vierte Jahr so um und hatte mit sehnlichen Schmerzen die Liebe gesucht, aber immer noch nicht gefunden. Abenteuer hatte er genug gefunden, Kämpfe genug bestanden, schöne Frauen und Jungfrauen, Prinzessinnen und Königinnen, Amazonen und Sirenen, wunderbare Blumen und Vögel genug gesehen, einige auch geliebt, aber ach!, die Liebe hatte er nicht gefunden, die himmlische, immer in einem blühende, glühende, fühlende, spielende, lebende, schwebende, singende, klingende, jauchzende Liebe. Er war schön, jung und tapfer, er hatte alles Schönste und Lieblichste angezogen wie der Magnet das Eisen anzieht, er war auch zärtlich geliebt worden, aber ach!, nach wenigen Tagen, oft nach wenigen Sekunden hatte er immer den Mangel gefühlt und wieder ausreiten müssen, damit er die rechte Liebe fände, welche er suchte. So war es ihm vor einem Monat eben wieder ergangen. In Damaskus hatte er des Königs Tochter gesehen, schön wie eine Rose, schlank wie eine Lilie und lieblich wie ein Veilchen im stillen Tale, und sie hatte ihn über ihr Leben lieb gewonnen, und er sie wieder. Aber bald hatte der unglückliche Prinz wieder reiten müssen, fühlend, sie sei nicht die Liebe, die er suchte, und nun hatte er verzweifelt, sie je zu finden, und war hinaufgeritten bis in das wilde verschneite Gebirge, bis in den höchsten Kaukasus hinein, und da hatte ihn das süße Schneeflöckchen am Leben erhalten.

Als der Prinz zu der Stadt gekommen war, ritt er vor das Haus eines Juweliers und kaufte sich ein Fläschchen aus lauterem Diamant und goss sein funkelndes Tröpfchen, sein Schneeflöckchen da hinein und versiegelte das Fläschchen und steckte es zu sich und sprach: »Du wirst noch wohl einmal eine Prinzessin werden, wie Dornröschen in der Wüste geworden ist, und wenn du es nimmer wirst, ich bin der glücklichste aller Menschen, solange ich nur diese Flammen fühle.« Er hatte sich nämlich ein Säckchen über dem Herzen gemacht, darein steckte er das Fläschchen, und er fühlte es bis in sein Herz, und es war ihm wie ein sanftes Prickeln, das er um die ganze Welt nicht hätte missen wollen. Er ritt aber immer lustig fort durch die weite Welt. Denn dass das Tröpfchen verwandelt werden musste, und dass es so nicht bleiben konnte, das ahnte ihn; das wusste er auch, dass er vor der Erfüllung seines Schicksals nicht nach Hause reiten durfte. Und Schneeflöckchen saß als ein kleines Tröpfchen in dem diamantenen Fläschchen und war die allerglückseligste, denn sie fühlte, dass sie geliebt war, aber doch zitterte sie oft bei sich und dachte: »Fünf Jahre, wie lange! Wie lange! Und wird er die Proben bestehen? Es ist wohl süß, so auf seinem Herzen zu ruhen, aber wie viel süßer wäre es, ihn mit menschlichen Armen zu umfangen und an dies Herz zu drücken!« Und sie bebte vor Wonne bei dem Gedanken und zugleich vor Furcht, dass sie ihn verlieren könnte.

Und drei Jahre war der Prinz Bisbiglio mit ihr durch die Welt geritten, und sie waren ihm verschwunden wie drei Tage. Da kam die Zeit harter Proben, die er noch bestehen musste, ehe ihr Schicksal erfüllt werden konnte.

Die erste Probe war diese:

Er ritt an einem Hause vorbei, das in Flammen stand. Da zweifelte er in sich: »Wenn sie, die meine Liebste ist, für dies Tröpfchen nun ein Mensch wäre und du lägest in den Flammen, sollte sie wohl hineinspringen und dich herausholen?« Und wie er den bösen Gedanken kaum gedacht hatte, da fühlte er sein Gläschen mit unwiderstehlicher Gewalt heraufspringen, dass es ihm Hemd und Wams zerriss und den eisernen Panzer spaltete. Und wie ein Blitz flog es in die Flammen, und er sah das Fläschchen drinnen springen, und das helle Tröpfchen weinte und ächzte in der feurigen Not, und bald erblickte er es nur noch als eine trübe Flamme. Da erfasste ihn unnennbare Seelenangst, und er warf sich von dem Pferde in das Feuer und griff sich das Flämmchen heraus und barg es in seiner Hand. Und das Flämmchen brannte ihm ein tiefes Loch in die Hand, dann ward es wieder zum Tröpfchen. Er ritt aber eilends in die nächste Stadt und kaufte sich wieder ein diamantenes Fläschchen, worin er es einfing und wieder an seine alte Stelle legte. In den Flammen hatte er sich das

Haar versengt und die Wangen verbrannt, und das Loch in seiner Hand war sehr tief. Und er musste große Schmerzen leiden und wohl drei Wochen krank liegen, ehe er genas. Da trauerte er viel über seinen Unglauben, aber Schneeflöckchen war voll Freude, dass er ihr so treu nachgesprungen war in das Feuer, aber über seine Schmerzen weinte sie innerlich. Und er merkte es wohl, denn es deuchte ihm oft, wie es in der Flasche ächzte, wiewohl er eigentlich nichts hörte.

Dies war die zweite Probe:

Er ritt über eine hohe Brücke, welche über ein reißendes Wasser führte, das der Tigris heißt. Da sah er das Nest eines Eisvogels auf dem Strom schwimmen, und die Mutter saß auf dem Neste und fütterte die Jungen. Und er sprach bei dem Anblicke innig bewegt: »O, welche Liebe! Haben Menschen wohl solche Treue? Wahrlich, wenn der Strudel diese kleine Brut untertauchte, die Mutter tauchte ihnen nach und stürbe oder holte sie herauf.« Und Schneeflöckchen auf seinem Herzen fühlte, was er drinnen bewegte, und musste ihm in der innern Seelenangst wieder Rock und Panzer sprengen, und klingend flog das Fläschchen gegen einen Stein, und das Tröpfchen goss sich in den Strom und zischte leise, wie wenn man heißes Wasser in kaltes gießt, und floss mit den reißenden Wellen dahin. Und der Prinz stürzte sich wie ein Blitz ihm nach in den Strom und kämpfte mit dem Strudel und tauchte sich auf und ab und rang mit Tod und Leben und füllte seine Hände mit allen Wassern, bis er das zischende Tröpflein wiedergefunden hatte, das er wie eine brennende Kohle in der Hand fühlte. Dann schwamm er ans Land und sank erschöpft hin; das Tröpfchen aber hatte ihm wieder ein Loch gebrannt. Und als er wieder zu sich kam, war er zerschellt an allen Gliedern von den Felsen, woran er sich zerstoßen hatte, und die Wunde in der Hand schmerzte, aber seine Seele jauchzte in Wonne. Und Schneeflöckchen war auch in

Entzücken über seine tapfere Treue. In der nächsten Stadt aber fing er sein Tröpfchen wieder ein, legte sein Fläschchen aufs Herz und ritt weiter.

Dies war die dritte und letzte Probe:

Der Prinz trabte mit seinem Schneeflöckchen eines Morgens durch einen hohen Bergwald, da ward er eines gewaltigen Reiters gewahr, der auf einem weißen Hengst ritt und so hoch war, dass sein Haupt über die Spitzen der Eichen und Buchen ragte. Er hielt eine Lanze, die einem Mastbaum gleich in den Lüften schwankte, und fällte diese fürchterliche Wehr, als er des Prinzen ansichtig ward. Dieser Riese – denn das war er – hatte ein hässliches und verrunzeltes altes Weib hinter sich auf, das ihn mit ihren dürren Armen umklammert hielt. Er führte sie wider Willen mit sich kraft eines Gelübdes, das er getan hatte, und dachte sie auf den ersten Besten, den er treffen würde, abzuladen. Als er also den Prinzen Bisbiglio erblickte, rief er mit lauter Stimme, dass alle Berge und Klüfte widerhallten, als hätten hundert Donnerwetter zugleich die himmlischen Kartaunen gelöst: »Halt, mein Knäblein! Ich habe hier etwas für dich. Du bist jung und kannst einen Schatz gebrauchen, der meinen Jahren schon beschwerlich wird. Nimm diese Dame hintenauf und schwöre mir, dass du sie ritterlich halten und einen jeden, der dir begegnet, zum Kampf auf Leben und Tod fordern willst, wenn er nicht bekennen will, dass sie die allerschönste Prinzessin sei, die je die Sonne beschienen hat. Auf diese Bedingung lass ich dich hier frei vorüberreiten, sonst wird deine Mutter bald einen Toten begraben.«

»Das geschieht nimmer, du Trotziger, solange noch ein Tropfen Blut in mir warm ist«, rief Bisbiglio, von Zorn entbrannt; »wehre dich, du Prahler! Ich schlage auf dich!« Und mit diesen Worten sprang er aus dem Sattel und ließ sein Ross laufen. Denn er begriff wohl, dass er gegen den Riesen und dessen Koloss von Pferd nicht rennen konnte und dass die Gewandtheit und Geschmeidigkeit gegen die Übermacht helfen musste. Und der Riese, der sich schämte, schlechter zu sein als der Jüngling, sprang auch vom Pferde, und sie warfen beide die Lanzen weg und griffen zu den Schwertern.

Und es entstand nun einer der schönsten und seltensten Kämpfe, die je in einer Rennbahn gesehen worden. Die Erde erzitterte, wenn der Riese seinen Fuß bewegte, und Felsen schienen unter jedem seiner Hiebe bersten zu müssen. Leicht wie der geflügelte Wind sprang der Prinz einher, wich und bog sich jedem Streiche und Stoße aus und schlüpfte geschickt unter der Langsamkeit und Schwere des Riesen hin. So hatten sie lange gekämpft, und schon rieselte des Riesen Blut aus mancher Öffnung, aber es waren seichte Wunden. Der Prinz war aber noch ganz und spielte in leichter Beweglichkeit mit seinen leichten Waffen um das Ungeheuer herum. Als der Riese sich nun von seinem eigenen Blute erröten sah, da ergrimmte er in seiner Seele und rief: »Genug! O schon zu viel! Nicht länger soll diese Mücke mit dem Löwen spielen!« Und er holte einen gewaltigen Hieb aus, wodurch er den Prinzen wie eine Rübe in zwei Stücken zu spalten meinte. Doch der Hieb glitt vom Helm ab, nahm aber den ganzen Schild mit und die Hälfte des Panzers, und der Prinz fühlte die Spitze des Eisens bis an sein Herz dringen. In dieser äußersten Not nahm er auch seine letzten Kräfte zusammen und stieß sein Schwert, so lang es war, in des Riesen Brust, dass das lange Scheusal fluchend und röchelnd hinstürzte.

Man kann sich Schneeflöckchens Angst denken bei diesem fürchterlichen Streit, und wie sie in ihrem Fläschchen zitterte und bebte, wenn der Riese in seinen Waffen daherrasselte und sie die Stöße klingen und die Hiebe durch die Luft sausen hörte. Als sie aber die rote Flut den Panzer des Prinzen hinabrieseln sah, da konnte sie es nicht aushalten in ihrem Kerker, sprengte das Fläschchen und mischte sich mit dem Blute, das wie ein purpurner Strom am Boden floss. Und o Wunder über alle Wunder! In demselben Augenblicke, wie sie von dem Blute ganz umflossen war, stand die allerschönste Jungfrau da: Schneeflöckchen war wieder ein Mensch geworden.

Der Prinz hatte sich so erschöpft und verblutet, dass er in Ohnmacht hingesunken war. Schneeflöckchen warf sich mit tausend Tränen auf ihn, riss ihm den Panzer auf und trocknete das Blut seiner Wunde mit ihren schönen langen blonden Locken ab; sie beweinte ihn fast schon wie einen Toten. Als sie so über ihm lag und klagte und schluchzte, siehe, da schlug der Prinz die Augen auf und atmete wieder und sah sein allerliebstes süßestes Kind, um welches er nun so manches Jahr in der Welt herumgeritten war. Und es war ihm bei dem Anblicke, als ob neue Kräfte sich durch alle seine Adern gössen und er neu geboren wäre, und er fühlte seine Wunde nicht mehr, noch wie das Blut herabrieselte, sondern sah nur das liebliche Schneeflöckchen und küsste und herzte sie. Sie aber schnitt ihr Hemdchen entzwei, wo es ihr um das Herz lag, und legte das auf die Wunde, und das Blut ward gleich gestillt. Die Wunde war wohl tief, aber nicht tödlich, was sie leicht hätte werden können, wenn sie einen Zoll tiefer gedrungen wäre, denn der Riese hatte gerade auf sein Herz getroffen.

Dieser aber lag wirklich tot da und sollte nimmer wieder aufstehen. Sie betrachteten nun seine ungeheure Lanze und seine gewaltigen Waffen, die ein gewöhnlicher Mann gar nicht von der Erde aufheben konnte, und ließen ihn da liegen. Das alte garstige Weib aber, um welches der blutige Span entstanden war, ließen sie in Frieden gehen, wohin sie wollte. Der Prinz aber nahm zum Andenken dieses Streits mit dem Riesen nichts weiter mit als den großen weißen Hengst, worauf der Unhold geritten war, und sein Schwert. Als sie das Schwert von der Erde aufnahmen und näher betrachteten, sahen sie ein neues Wunder: Die Spitze war zusammengeflossen, wie Eisen geschieht, das in die Kohlenglut gelegt wird, damit es dem Schmiede wieder weich werde. Und als Schneeflöckchen dies sah, funkelten ihr die Äuglein vor Entzücken, und die hellen Tränen liefen ihr über die Wangen, und sie drückte den Prinzen mit einer Gewalt an ihre Brust, als wolle sie in eins mit ihm zusammenrinnen, und rief: »O du allertreueste und an Liebe unüberwindliche Seele! So ist dein Herzblut so heiß von Liebe, dass das Eisen des Riesen daran geschmolzen ist und nicht hat eindringen können? So habe ich nun dieses warme Herz, wovon mir so oft geträumt hat in bitterer Trauer während meiner Verwandlung? Nun sehe ich, dass alles erfüllt ist, was meine Stiefmutter, die böse Hexe, einst gemurmelt hat, als sie mich aus dem Fenster fliegen ließ.« Und sie erzählte dem Prinzen nun die Geschichte ihrer Verwandlung, und wie jämmerlich sie zwei Winter als Schneeflöckchen habe umherfliegen müssen, bis sie in seiner Hand zum Tropfen geworden sei.

Der Tag, an welchem dieser Kampf mit dem Riesen stattfand, war genau der letzte Tag des fünften Jahres seit dem Tage, wo Schneeflöckchen den verzweifelten Prinzen Bisbiglio in der öden Waldschlucht des Kaukasus gefunden hatte. Und da beide sahen, dass das Schicksal alles mit ihnen erfüllt hatte, und da sie sich herzlich sehnten, die treueste und unvergleichlichste Liebe durch eine Hochzeit zu krönen, so ritten sie nun nicht weiter durch die Welt auf Abenteuer – denn sie hatten ja das allerschönste Abenteuer erlebt –, sondern sie nahmen den geradesten Weg nach dem Schlosse, in welchem der alte König von Arabien, des Prinzen Bisbiglio Vater, wohnte. Und sie sind dort glücklich angekommen, und der Prinz hat dem Könige alles getreulich erzählt, wie es sich mit ihm begeben hatte. Und der alte Herr hat nun wohl gesehen, wie viel es mit der Weisheit der Erziehung seines Sohnes auf sich gehabt hat, aber er hat sich alle seine wunderlichen Abenteuer gern gefallen lassen, da er ihm eine solche Schnur ins Haus gebracht hat; denn Schneeflöckchen war so freundlich und schön, dass sie nicht allein ihm und allen Menschen, sondern allen Engeln im Himmel gefiel.

Und als der König sich genug gefreut hatte und die Hochzeit gewesen war, da machten Bisbiglio und Schneeflöckchen sich auf und zogen zu dem alten König in Indien. Und Schneeflöckchen erzählte ihm ihre ganze Geschichte, wie die Stiefmutter zur Füchsin geworden war und gesungen hatte: »Schneeflöckchen flieg hin! Fliege durch die Welt hin!«, und wie sie dann ein Schneeflöckchen geworden und aus dem Fenster gelassen wäre und so mehr als sechs traurige Jahre in der Verwandlung habe leben müssen. Und der König, ihr Vater, ist so zornig geworden, dass er die alte Hexe hat an einen Pferdeschweif binden und zu Tode schleifen lassen. Auch hat er nun von ihren hässlichen Töchtern, die sie ihm geboren, nichts mehr wissen wollen, sondern hat sie hoch gen Norden hinauf in die Berglande Indiens geschickt und geringen Männern zu Frauen gegeben. Schneeflöckchen aber ist Königin von Indien geworden nach seinem Tode, und Indien und Arabien sind so ein Königreich geworden. Ein zärtlicheres und treueres Ehepaar ist aber auf der Welt nie gesehen worden als der treue Prinz Bisbiglio und seine süße Prinzessin Schneeflöckchen, sodass sie wegen ihrer Zärtlichkeit und Treue noch bis diesen Tag im ganzen Morgenlande in Fabeln und Liedern erzählt und gesungen werden. Sie haben auch die allerschönsten und lieblichsten Kinder gehabt, die auch Herzen gehabt haben, sich aller Anmut und Schönheit des Himmels und der Erde zu freuen und die ihren Eltern an Freundlichkeit und Milde gleich gewesen sind.

*Ernst Moritz Arndt*

# Frau Holle und der treue Eckart

Bei Rudolstadt in Thüringen liegt das Dorf Schwarza. Da zog um Weihnachten Frau Holle wieder vorüber. Ihrem Zuge voran ging der treue Eckart, der warnte die begegnenden Leute und riet ihnen, aus dem Wege zu gehen, damit ihnen kein Leid widerfahre. Ein paar Bauernknaben hatten gerade Bier aus der Schenke geholt, das sie nach Hause tragen wollten, da erschien der gespenstische Zug, der die ganze breite Straße einnahm. Die Kinder drückten sich in eine Ecke mit ihren Kannen und es ward ihnen angst und bange. Da nahten ihnen einige Weiber aus der Rotte, griffen nach den Krügen und tranken sie aus. Aus Furcht schwiegen die Knaben, sie wussten freilich nicht, was sie daheim den Hochzeitsgästen sagen wollten, wenn sie ohne Bier kämen. Da trat der treue Eckart zu ihnen und sagte: »Das war klug von euch, dass ihr geschwiegen habt, geht nur getrost heim und sagt keinem Menschen, was ihr gesehen, dann wird es euern Kannen nie an Bier gebrechen.« Das taten die Kinder. Was der treue Alte gesagt, traf ein, die Kannen wurden nicht leer, es war Bier die Fülle im Hause. Am dritten Tage konnten die Knaben das Geheimnis nicht mehr bewahren und erzählten den Eltern alles. Da war es vorbei und die Krüge versiegten.

*Gebrüder Grimm*

# Der alte Erik in der Mühle

Da war einmal ein Schuster, der war in den Tagen vor Weihnachten noch unterwegs und nähte in den Häusern Schuhe. Er arbeitete bis zum Weihnachtsabend, und als es Nachmittag wurde, wollte er zu sich nach Hause gehen. Aber weil es ziemlich weit war bis dorthin, wo er wohnte, musste er in der Dunkelheit in eine Mühle gehen, die neben dem Wege stand, und dort die Nacht über bleiben. Nun stand diese Mühle nicht gerade in gutem Ruf hier in der Gegend, denn man erzählte allgemein von ihr, dass der Gottseibeiuns selbst bisweilen hier Haus halte. Das war auch dem Schuster bekannt, aber weil er mehr als andere wusste, so konnte er es auch so einrichten, dass nichts Böses an ihn herankam.

Nachdem er etwas hölzernes Gerümpel aufgehäuft hatte, das da an den Wänden der Mühle lag, machte er sich ein tüchtiges Feuer, und dann nahm er eine Pfanne, die irgendein Müller hier vergessen hatte, die setzte er aufs Feuer und fing an, in ihr Pech zu kochen, das er bei sich hatte. Dann nahm er ein Papier, schnitt es in schmale Streifen auseinander und pichte es dann zu einem Band zusammen, und darauf schrieb er das Vaterunser und band es sich um den Leib. Dann ging er auf den Schüttboden und legte sich nieder, aber die Pechpfanne ließ er auf dem Feuer, sodass sie immer heiß blieb.

Es war still, und der Schuster schlief ein. Aber als es dann gegen Mitternacht ging, hörte er auf einmal ein schreckliches Getöse im Mahlhaus, und da musste er doch justament auf und nachgucken, was das da für ein Unwesen war. Dabei vergaß er aber nicht, die Pechpfanne mit sich zu nehmen, gewiss nicht. Als er ins Mahlhaus kam, was glaubt ihr, sah er da – stieg da nicht der Satan selbst, der Alte Erik, aus dem Mehltrichter herauf! Er war klein an Körper wie ein Tomtemann, ein Kobold, aber mit einem fürchterlich großen Kopf! »Hast du schon einmal einen so großen Kopf auf einem so kleinen Rumpf gesehen, du?«, fragte er den Schuster. »Hast du früher schon einmal eine so kräftige Suppe kennen gelernt, du?«, antwortete der Schuster und schmiss ihm die Pfanne mit dem heißen Pech mitten ins Gesicht. Auf solche Weise von einem hundshäuternen Schuster abgebrüht zu werden, das konnte dem Onkel Erik wohl nicht gerade gefallen, und ihr hättet ihn sehen sollen, was für einen Spektakel er machte und wie böse er war, aber er fand doch kein Mittel gegen den Schuster wegen des Papiers, das er um sich hatte, mit dem Gebet des Herrn darauf.

Als nun eine Weile vergangen war und der Böse, der die ganze Zeit herumgeschimpft hatte, wieder einigermaßen zu sich gekommen war, da kamen aus allen Ecken und Enden Trollweiber auf Besen und Pfählen, genauso, wie sie es zu tun pflegen, wenn sie auf ihrem Ritt zum Berg Blåkulla* sind. Sie hatten große Ledersäcke auf dem Rücken, und darin hatten sie Kübel mit Butter, denn sie sollten gerade jetzt ihre Weihnachtsgaben bringen. Und da war's auch nicht zu verwundern, dass der Graue Erik so eigensinnig darauf bestand, hier zu bleiben, bei all der Unbill, die ihm der Schuster zugefügt hatte. Als ein verteufelter Haufen zusammengekommen war,

* Vergleichbar dem deutschen Blocksberg.

trugen sie eine große irdene Schüssel herzu, und dahinein gab ein jeder seine Sachen. Aber jetzt waren die Weiber nicht geizig, das könnt ihr glauben! Solche Klumpen von Butter hat der Schuster noch nie gesehen, obgleich er weit in den Gemeinden herumgekommen war, und sie lobten und priesen beinahe alles miteinander, obwohl die, bei denen er zur Arbeit gewesen war, sonst nie mit etwas zufrieden waren. Aber als die Weiber gehen wollten, stellte sich der Schuster mitten in die Tür, zog das Messer heraus und hieb auf sie ein, wie sie kamen. Es versteht sich, dass sie sich wehrten und verteidigten, so fest sie nur konnten. Aber eine jede von ihnen kriegte wohl genug ab, und sie waren so böse, dass sie Gift auf ihn gespritzt hätten, wenn sie ihm nur etwas Übles hätten antun können.

Als sie sich verzogen hatten, wurde es still, und der Schuster legte sich hin und schlief bis zum Morgen. Aber als er dann nach Hause ging, begegnete er vielen Kirchgängern, und da sah er, wie es mit dem Weibervolk bestellt ist: fast eine jede Einzelne hatte da Schrammen im Gesicht.

*Ein Märchen aus Schweden*

# Der Schneemann

»In mir knackt es ganz prächtig, es ist so wunderbar kalt!«, sagte der Schneemann. »Der Wind kann schon Leben in einen beißen! Und die Glühende da, wie sie glotzt!« Damit meinte er die Sonne, die gerade unterging. »Die soll mich nicht zum Blinzeln bringen, ich kann meine Brocken wohl festhalten!«

Das waren zwei große, dreieckige Ziegelbrocken, die ihm als Augen dienten; sein Mund war ein Stück von einer alten Harke, deshalb besaß er Zähne.

Er war unter dem Hurra-Geschrei der Jungen geboren worden, Glöckchenklang und Peitschenknall hatten ihn von den Schlitten begrüßt.

Die Sonne ging unter, der Vollmond ging auf, rund und groß, hell und herrlich in der blauen Luft.

»Da haben wir sie wieder von einer anderen Seite!«, sagte der Schneemann. Er glaubte nämlich, die Sonne erschiene von neuem. »Ich habe ihr das Glotzen abgewöhnt! Jetzt darf sie da hängen und leuchten, damit ich mich selbst sehen kann. Wenn ich nur wüsste, wie man es anstellt, dass man von der Stelle kommt! Wie gern würde ich mich fortbewegen! Könnte ich das, dann rutschte ich auf dem Eis herum, wie ich es bei den Jungen sah; aber ich kann nun einmal nicht laufen!«

»Weg! Weg!«, kläffte der alte Kettenhund. Seit der Zeit, als er Stubenhund gewesen war und unter dem Kachelofen gelegen hatte, war er etwas heiser. »Die Sonne wird dir schon Beine machen! Das habe ich voriges Jahr bei deinem Vorgänger gesehen und bei dessen Vorgänger auch. Weg! Weg! Und weg sind sie alle!«

»Ich verstehe dich nicht, Kamerad!«, sagte der Schneemann. »Soll die da oben mir Beine machen?« Er meinte den Mond. »Ja, als ich sie starr ansah, da ist sie wirklich gelaufen, jetzt schleicht sie sich von der anderen Seite heran.«

»Du hast keine Ahnung!«, sagte der Kettenhund. »Aber du bist ja auch gerade erst zusammengeklatscht! Was du da siehst, das nennt man Mond; was weggegangen ist, das war die Sonne, sie kommt morgen wieder, sie wird dir schon beibringen, wie man in den Wallgraben läuft. Wir bekommen bald anderes Wetter, das kann ich in meinem linken Hinterbein merken, da sticht es. Das Wetter schlägt um!«

»Ich verstehe ihn nicht!«, sagte der Schneemann. »Aber ich habe so ein Gefühl, dass er etwas Unangenehmes sagt. Sie, die da glotzte und unterging, die er Sonne nennt, die ist auch nicht meine Freundin, das habe ich im Gefühl!«

»Weg! Weg!«, kläffte der Kettenhund, lief dreimal um sich selbst herum und legte sich dann in seine Hütte, um zu schlafen.

Das Wetter änderte sich wirklich. Ein Nebel, ganz dick und feucht, legte sich in der Morgenstunde auf die ganze Gegend. Als es dämmerte, kam ein eiskalter Wind auf, der Frost biss ordentlich zu. Doch was für ein Anblick bot sich dar, als die Sonne aufging! Alle Bäume und Sträucher waren mit Raureif bedeckt, das war wie ein ganzer Wald von weißen Korallen; alle Zweige schienen wie mit strahlend weißen Blüten übersät. Jede einzelne der unendlich vielen und feinen Verzweigungen, die man im Sommer wegen der vielen Blätter nicht sehen kann, kam nun zum Vorschein; es war ein Spitzengewebe, so leuchtend weiß, als strömte aus jedem Zweig ein weißer Glanz. Die Hängebirke bewegte sich im Wind, so lebendig wie die Bäume zur Sommerzeit – es war eine unvergleichliche Pracht! Und als dann die Sonne schien, nein, wie funkelte das Ganze, als wäre es mit Diamantenstaub überpudert, und auf dem schneebedeckten Boden glitzerten die großen Diamanten, oder man konnte sie auch für unzählige, winzig kleine Lichter halten, noch weißer als der weiße Schnee.

»Das ist wunderschön!«, sagte ein junges Mädchen, das mit einem jungen Mann in den Garten kam und just neben dem Schneemann stehen blieb, um die schimmernden Bäume zu betrachten. »Etwas Schöneres gibt es im Sommer nicht zu sehen!«, sagte sie mit leuchtenden Augen.

»Und so einen Burschen wie den da gibt es dann gar nicht!«, sagte ihr Begleiter und zeigte auf den Schneemann. »Das ist ein Prachtkerl!«

Das junge Mädchen lachte, nickte dem Schneemann zu und tanzte dann mit ihrem Freund über den Schnee, der unter ihren Füßen wie Wäschestärke knirschte.

»Wer waren die beiden?«, fragte der Schneemann den Kettenhund. »Du bist schon länger auf dem Hof als ich, kennst du sie?«

»Gewiss!«, sagte der Kettenhund. »Sie hat mich doch gestreichelt, und er hat mir einen Fleischknochen gegeben; die beiße ich nicht.«

»Aber was stellen sie hier vor?«, fragte der Schneemann.

»Brrrrr-rautleute!«, sagte der Kettenhund. »Sie wollen in eine Hundehütte ziehen und zusammen Knochen nagen. Weg! Weg!«

»Haben die beiden genauso viel zu bedeuten wie du und ich?«, fragte der Schneemann.

»Sie gehören doch zur Herrschaft!«, sagte der Kettenhund. »Man ist wirklich sehr unwissend, wenn man gestern geboren wurde! Das kann ich dir anmerken! Ich habe Alter und Weisheit, ich kenne alle auf diesem Hof. Und ich habe eine Zeit gekannt, da stand ich nicht in der Kälte und an der Kette. Weg! Weg!«

»Die Kälte ist herrlich!,« sagte der Schneemann. »Erzähl, erzähl! Aber du darfst nicht mit der Kette rasseln, dann knackt es nämlich in mir!«

»Weg! Weg!«, kläffte der Kettenhund. »Ein Hündchen war ich, klein und niedlich, sagten die Leute. Da lag ich dort im Haus auf einem Samtstuhl, lag auf dem Schoß der höchsten Herrschaft, sie küssten mich auf die Schnauze und wischten mir die Pfoten mit einem gestickten Taschentuch; ich hieß ›Allerliebst‹ und ›Wauwilein‹, aber dann wurde ich ihnen zu groß! Da haben sie mich der Haushälterin gegeben, und so bin ich in die Kelleretage gekommen. Du kannst von deinem Platz aus hineinsehen, du kannst in die Kammer sehen, wo ich die Herrschaft war, denn das war ich bei der Haushälterin. Hier war es zwar kärglicher als oben, aber dafür auch angenehmer; ich wurde nicht gedrückt und von Kindern herumgeschleppt wie dort. Mein Futter war genauso gut wie vorher und viel reichlicher! Ich hatte mein eigenes Kissen, und dann war da ein Kachelofen, der ist zu dieser Zeit das Schönste auf der Welt! Unter den bin ich gekrochen, bis ich ganz verschwunden war. Oh, von diesem Kachelofen träume ich heute noch – weg! weg!«

»Sieht ein Kachelofen so schön aus?«, fragte der Schneemann. »Sieht er mir ähnlich?«

»Der ist genau das Gegenteil von dir! Kohlschwarz ist er, hat einen langen Hals mit einer Messingtrommel. Er frisst Brennholz, dass ihm das Feuer aus dem Maul steht. Man muss sich an seine Seite halten, ganz dicht, und unter ihn kriechen, das ist überaus angenehm! Da, wo du stehst, musst du ihn durchs Fenster sehen können.«

Und der Schneemann sah, und tatsächlich sah er einen schwarzen, blank polierten Gegenstand mit einer Messingtrommel, aus dem unten das Feuer leuchtete. Dem Schneemann wurde ganz sonderbar zumute; er hatte eine Empfindung, die er sich selbst nicht erklären konnte; etwas kam über ihn, das ihm unbekannt war, das aber alle Menschen kennen, sofern sie nicht Schneemänner sind.

»Und warum hast du sie verlassen?«, fragte der Schneemann. Er spürte, dass dies ein weibliches Wesen sein müsse. »Wieso konntest du einen solchen Ort verlassen?«

»Dazu war ich wohl gezwungen«, sagte der Kettenhund. »Sie haben mich hinausgeworfen und hier an die Kette gelegt. Ich knabberte gerade an einem Bein, und der jüngste Junker stieß mich weg, dafür habe ich dann in sein Bein gebissen – Bein um Bein, denke ich! Aber das haben sie mir verübelt, und seit dieser Zeit bin ich angekettet und habe meine klare Stimme verloren, hör nur, wie heiser ich bin. Weg! Weg! Das war das Ende davon!«

Doch der Schneemann hörte nicht mehr zu; er schaute noch immer in die Kelleretage, in die Stube der Haushälterin, wo der Kachelofen auf seinen vier Eisenbeinen stand und ihm an Größe ebenbürtig war.

»In mir knackt es so seltsam!«, sagte er. »Soll ich denn niemals zu ihr kommen? Das ist ein unschuldiger Wunsch, und unsre unschuldigen Wünsche werden doch sicher erfüllt. Es ist mein innigster Wunsch, mein einziger Wunsch, und es wäre fast ungerecht, wenn er unerhört bliebe. Ich muss dorthin, ich muss mich an sie lehnen, und müsste ich dafür das Fenster zerschlagen!«

»Da kommst du nie hin!«, sagte der Kettenhund. »Und wenn du zum Kachelofen kommst, dann bist du weg! weg!«

»Ich bin so gut wie weg!«, sagte der Schneemann. »Ich glaube, ich gehe kaputt!«

Den ganzen Tag stand der Schneemann da und schaute ins Fenster. In der Dämmerung wurde die Stube noch einladender; aus dem Kachelofen leuchtete es so mild, wie nicht der Mond und nicht die Sonne, nein, wie nur der Kachelofen leuchten kann, sofern etwas in ihm ist. Wenn seine Tür geöffnet wurde, schlug die Flamme heraus, das war so ihre Gewohnheit; das weiße Gesicht des Schneemanns glühte ordentlich rot, der rote Schein reichte ihm bis zur Brust.

»Das ertrage ich nicht!«, sagte er. »Wie gut es ihr steht, die Zunge herauszustrecken!«

Die Nacht war sehr lang, doch nicht für den Schneemann, er war in seine eigenen schönen Gedanken versunken, und die froren, dass sie knackten.

Am Morgen waren die Kellerfenster zugefroren und mit den schönsten Eisblumen geschmückt, die ein Schneemann jemals verlangen konnte, doch sie verdeckten den Kachelofen. Die Scheiben wollten nicht auftauen, er konnte seine Dame nicht sehen. Es knackte, es knisterte, es war just ein Frostwetter, das einen Schneemann freuen musste, aber er war nicht froh; er hätte sich so glücklich fühlen können und sollen, aber er war nicht glücklich, er hatte Kachelofen-Sehnsucht.

»Das ist für einen Schneemann eine gefährliche Krankheit!«, sagte der Kettenhund. »Ich habe auch daran gelitten, aber ich habe sie überstanden. Weg! Weg! – Und jetzt schlägt das Wetter um!«

Und das Wetter schlug um, es kam Tauwetter. Es taute immer mehr, und der Schneemann wurde immer weniger. Er sagte nichts, er klagte nicht, und das ist das rechte Zeichen.

Eines Morgens fiel er zusammen. Wo er gestanden hatte, steckte etwas wie ein Besenstiel, um den herum hatten die Jungen ihn einmal gebaut.

»Jetzt kann ich das mit seiner Sehnsucht verstehen«, sagte der Kettenhund. »Der Schneemann hatte einen Feuerhaken im Leib! Das also hat sich in ihm gerührt, jetzt ist es überstanden; weg, weg!«

Und bald war auch der Winter überstanden.

»Weg, weg!«, kläffte der Kettenhund. Doch die kleinen Mädchen auf dem Hof sangen:

»Waldmeister, komm aus deinem Haus,
Du, Weide, häng die Handschuh raus,
Singt, Kuckuck, Lerche, in diesem Jahr
Ist Frühling schon Ende Februar!
Ich singe mit euch, dass es schallt!
Komm, liebe Sonne, komme bald!«

Und niemand denkt an den Schneemann!

*Hans Christian Andersen*

# Die Schneekönigin

## *Ein Märchen in sieben Geschichten*

### *Erste Geschichte,*
### die vom Spiegel und von den Scherben handelt

Siehst du, jetzt fangen wir an! Wenn wir am Ende der Geschichte angelangt sind, wissen wir mehr, als wir jetzt wissen, denn das war ein böser Troll! Es war einer von den allerschlimmsten, es war der Teufel!

Eines Tages war er in allerbester Laune, denn er hatte einen Spiegel hergestellt, der die Eigenschaft besaß, dass sich alles Gute und Schöne darin so sehr verkleinerte, bis es fast gar nicht mehr da war, während das, was nichts taugte und sich schlecht ausnahm, erst recht hervortrat und noch schlimmer wurde. Die schönsten Landschaften sahen wie gekochter Spinat darin aus, und die besten Menschen wurden abscheulich oder standen ohne Bauch auf dem Kopf; die Gesichter wurden so verzerrt, dass sie nicht mehr zu erkennen waren, und wer eine Sommersprosse hatte, der konnte sicher sein, dass sie ihm jetzt über Mund und Nase lief. Das sei ungeheuer lustig, sagte der Teufel. Wenn nun ein guter, frommer Gedanke durch einen Menschen ging, dann erschien im Spiegel ein Grinsen, und der Troll-Teufel musste über seine kunstvolle Erfindung lachen.

Alle, die in die Troll-Schule gingen – denn er hielt Troll-Schule ab –, erzählten weit und breit, es sei ein Wunder geschehen; erst jetzt könne man richtig erkennen, meinten sie, wie die Welt und die Menschen in Wirklichkeit ausschauten. Sie liefen mit dem Spiegel überallhin, und schließlich gab es kein Land und keinen Menschen mehr, der nicht darin verzerrt worden wäre. Nun wollten sie sogar zum Himmel fliegen, um mit den Engeln und unserm Herrgott ihren Spaß zu treiben. Je höher sie mit dem Spiegel flogen, desto unverschämter wurde sein Grinsen, sodass sie ihn kaum noch festhalten konnten. Sie flogen höher und höher, näher und näher zu Gott und den Engeln. Da wurde der Spiegel von seinem Grinsen so furchtbar erschüttert, dass er aus ihren Händen glitt und auf die Erde stürzte, wo er in hundert Millionen, Billionen und noch mehr Stücke zersprang und just dadurch noch viel mehr Unglück als zuvor anrichtete. Einige Stücke nämlich, die kaum so groß wie ein Sandkorn waren, flogen in die weite Welt, und wenn sie den Leuten in die Augen gerieten, blieben sie sitzen, und dann sahen diese Menschen alles verkehrt oder erkannten an einer Sache nur das, was verkehrt war, denn jedes kleine Spiegelkörnchen besaß noch dieselben Kräfte wie der ganze Spiegel. Einige Menschen bekamen sogar eine kleine Spiegelscherbe ins Herz, und das war ganz entsetzlich, ihr Herz wurde gleichsam ein Klumpen Eis. Manche Stücke des Spiegels waren so groß, dass sie als Fensterglas eingesetzt wurden, aber durch eine solche Scheibe betrachtete man seine Freunde besser nicht. Andere Stücke gerieten in Brillen, und wenn die Leute diese Brillen aufsetzten, um richtig zu sehen und gerecht zu sein, dann ging das nicht gut; der Böse lachte, dass ihm der Bauch platzte, und das fand er so schön kitzlig. Aber es flogen noch mehr kleine Glasscherben durch die Luft.

Jetzt werden wir hören!

## *Zweite Geschichte*
## Ein kleiner Junge und ein kleines Mädchen

In der großen Stadt, wo es so viele Häuser und Menschen und so wenig Platz gibt, dass nicht alle Leute einen kleinen Garten haben können und sich die meisten daher mit Blumen in Töpfen begnügen müssen, wohnten zwei arme Kinder, deren Garten doch etwas größer als ein Blumentopf war. Sie waren nicht verschwistert, hatten sich aber so lieb, als wären sie Bruder und Schwester. Ihre Eltern wohnten in zwei Dachkammern, die einander direkt gegenüberlagen, und wo das eine Dach an das Dach des Nachbarhauses stieß und die Dachrinnen verliefen, da hatte jedes Haus ein kleines Fenster; man brauchte also nur über die Rinne zu steigen, um von dem einen Fenster zum anderen zu gelangen.

Die Eltern hatten vor jedem Fenster einen großen Holzkasten angebracht, und darin bauten sie Kräuter an, die sie in der Küche brauchten, und dann war in jedem Kasten auch ein kleiner Rosenstock, der ganz wunderbar gedieh. Nun kamen die Eltern auf die Idee, die Kästen quer über die Dachrinne zu stellen, sodass sie beinah von einem Fenster zum anderen reichten und ganz und gar wie zwei Blumenbeete wirkten. Die Erbsenranken hingen über die Ränder, und die Rosenstöcke wanden ihre langen Zweige um die Fenster und neigten sich einander zu – das sah fast wie eine Ehrenpforte aus Blättern und Blüten aus. Weil diese Kästen sehr hoch waren und die Kinder wussten, dass sie nicht auf den Rand klettern durften, wurde es ihnen oft erlaubt, einander zu besuchen und auf ihren kleinen Schemeln unter den Rosen zu sitzen, und da spielten sie wunderbar.

Im Winter war es mit diesem Vergnügen dann vorbei. Oft waren die Fenster ganz und gar zugefroren, aber die Kinder erwärmten auf dem Kachelofen Kupferschillinge, drückten sie gegen die gefrorene Scheibe, sodass dort ein herrliches Guckloch schmolz, ganz rund, ganz rund. Hindurch schaute ein liebes, mildes Auge, eins von jedem Fenster – der kleine Junge und das kleine Mädchen. Er hieß Kay, und sie hieß Gerda. Im Sommer konnten sie mit einem Sprung zueinander kommen, im Winter mussten sie erst viele Treppen hinunter und viele Treppen hinauf, und draußen stiebte der Schnee.

»Da schwärmen die weißen Bienen«, sagte die alte Großmutter.

»Haben sie auch eine Bienenkönigin?«, fragte der kleine Junge, denn er wusste, dass es bei den wirklichen Bienen eine solche gab.

»Die haben sie«, sagte die Großmutter. »Sie fliegt dort, wo sie am dichtesten schwärmen. Sie ist die größte von allen, und sie bleibt niemals auf der Erde liegen, sondern fliegt wieder mit der schwarzen Wolke empor. So manche Winternacht fliegt sie durch die Straßen der Stadt und guckt in die Fenster, und dann frieren sie so wunderlich zu, wie mit Blumen bedeckt.«

»Ja, das haben wir gesehen«, sagten beide Kinder, und da wussten sie, dass es stimmte.

»Kann die Schneekönigin zu uns hereinkommen?«, fragte das kleine Mädchen.

»Das soll sie nur«, sagte der Junge, »ich setze sie auf den warmen Kachelofen, und dann schmilzt sie.«

Doch die Großmutter strich ihm über das Haar und erzählte andere Geschichten.

Abends, als der kleine Kay zu Hause und halb ausgezogen war, kletterte er auf den Stuhl am Fenster und guckte durch das kleine Loch hinaus. Ein paar Schneeflocken fielen vom Himmel, und eine davon, die allergrößte, blieb auf dem Rand des einen Blumenkastens liegen. Sie wuchs und wuchs, und schließlich war sie ein ganzes Frauenzimmer, eingehüllt in den feinsten weißen Flor, der aus Millionen von sternähnlichen Flocken zusammengesetzt schien. Sie war sehr schön und fein, jedoch aus Eis, dem blendenden, blitzenden Eis, und doch war sie lebendig. Ihre Augen starrten wie zwei helle Sterne, aber darin war weder Rast noch Ruh. Sie nickte zum Fenster und winkte mit der Hand. Der kleine Junge sprang erschrocken vom Stuhl, da war es, als flöge draußen ein großer Vogel vorüber.

Am nächsten Tag herrschte klarer Frost – und dann wurde es Frühling, die Sonne schien, das Grün kam zum Vorschein, die Schwalben bauten Nester, die Fenster öffneten sich, und die Kinder saßen wieder in ihrem kleinen Garten in der Dachrinne, hoch über allen Stockwerken.

In diesem Sommer blühten die Rosen so schön wie nie. Das kleine Mädchen hatte einen Choral gelernt, in dem es um Rosen ging, und dabei dachte sie an ihre eigenen; und sie sang ihn dem kleinen Jungen vor, und der sang mit:

»Die Rosen sind voller Blüten,
Das Jesuskind wird uns behüten!«

Und die Kinder hielten sich an den Händen, küssten die Rosen, schauten in Gottes hellen Sonnenschein und sprachen zu ihm, als wäre darin das Jesuskind. Wie schön waren diese Sommertage, wie herrlich war es unter den frischen Rosenstöcken, die aussahen, als wollten sie niemals aufhören zu blühen!

Kay und Gerda betrachteten gerade das Bilderbuch mit Tieren und Vögeln, da geschah es – die Uhr auf dem großen Kirchturm schlug genau fünf –, dass Kay ausrief: »Au, es hat mir ins Herz gestochen! Und jetzt habe ich etwas ins Auge bekommen!«

Das kleine Mädchen fasste ihn um den Hals; er zwinkerte mit den Augen, nein, da war nichts zu sehen.

»Ich glaube, es ist weg«, sagte er, aber es war nicht weg. Es war just eins dieser Glaskörnchen, die aus dem Spiegel gesprungen waren, dem Trollspiegel, wir erinnern uns wohl, dem hässlichen Glas, das alles Große und Gute, wenn es sich darin spiegelte, klein und hässlich machte, und alles Böse und Schlechte so recht hervortreten ließ, sodass jeder Fehler an einem Ding sogleich in die Augen fiel. Ein weiteres Körnchen war dem armen Kay mitten ins Herz geflogen und würde es bald in einen Eisklumpen verwandeln. Es tat zwar nicht mehr weh, aber das Körnchen war da.

»Warum weinst du?«, fragte er. »Das macht dich hässlich! Mir fehlt doch gar nichts. Pfui!«, rief er auf einmal. »An dieser Rose hat ein Wurm genagt! Und sieh mal, da ist eine ganz schief. Eigentlich sind diese Rosen abscheulich, sie sind wie die Kästen, in denen sie stehen!« Und dann versetzte er dem Kasten einen kräftigen Fußtritt und riss die beiden Rosen ab.

»Kay, was tust du!«, rief das kleine Mädchen. Und als er ihr Entsetzen sah, riss er eine dritte Rose ab, verschwand rasch durch sein Fenster und ließ die liebe kleine Gerda allein.

Als sie später mit dem Bilderbuch zu ihm kam, sagte er, das sei für Säuglinge, und wenn die Großmutter Geschichten erzählte, hatte er ständig ein Aber. Wenn er eine Gelegenheit dazu fand, stellte er sich hinter sie, setzte eine Brille auf und ahmte sie nach, und zwar ganz genau, und brachte damit die Leute zum Lachen. Bald gab es in der ganzen Straße keinen Menschen mehr, dessen Sprache und Gang er nicht imitieren konnte; alles, was bei den Leuten auffällig und unschön war, verstand Kay nachzumachen, und es wurde gesagt: »Dieser Junge ist bestimmt ein vorzüglicher Kopf!« Aber es lag an dem Glas, das er ins Auge bekommen hatte, und an dem Glas, das in seinem Herzen saß, das war der Grund, weshalb er sogar die kleine Gerda hänselte, die ihn von ganzer Seele liebte.

Er spielte nun ganz andere Spiele als zuvor, sie waren überaus vernünftig. An einem Wintertag, als die Schneeflocken stiebten, holte er sich ein großes Brennglas, hob den Zipfel seines blauen Mantels an und ließ die Schneeflocken darauffallen.

»Guck mal durch das Glas, Gerda!«, sagte er, und da war jede Schneeflocke viel größer geworden und glich einer prächtigen Blume oder einem zehneckigen Stern – das war ein herrlicher Anblick.

»Siehst du, wie kunstvoll!«, sagte Kay. »Die sind viel interessanter als die wirklichen Blumen, und an denen ist kein einziger Fehler, sie sind ganz akkurat, wenn sie nur nicht schmelzen.«

Kurz darauf zog Kay große Handschuhe an, nahm seinen Schlitten auf den Rücken und schrie Gerda direkt ins Ohr: »Ich darf zum großen Platz fahren, wo die andern spielen!« Und weg war er.

Auf diesem Platz kam es oft vor, dass die kecksten Jungen ihre Schlitten an einem Bauernwagen festbanden und dann ein gutes Stück mitfuhren. Das war ein besonderer Spaß. Gerade als sie am besten spielten, näherte sich ein großer Schlitten, der ganz weiß gemalt war, und darin saß eine Gestalt, die einen zottigen weißen Pelz und eine weiße zottige Mütze trug. Als der Schlitten zweimal den Platz umrundet hatte, band Kay rasch seinen kleinen Schlitten daran fest und fuhr nun mit. Es ging schneller, immer schneller und in die nächste Straße hinein; die weiße Person drehte sich um und nickte Kay so freundlich zu, als ob sie Bekannte wären. Jedes Mal, wenn Kay seinen Schlitten losbinden wollte, nickte sie wieder, und da blieb er sitzen, und sie fuhren geradewegs zum Stadttor hinaus. Nun fiel der Schnee in solchen Mengen, dass der kleine Junge keine Hand mehr vor Augen sehen konnte, und doch fuhr er weiter. Da ließ er schnell die Schnur los, um von dem großen Schlitten freizukommen, aber das half nichts, sein kleines Fahrzeug hing fest, und in Windeseile ging es davon. Er schrie ganz laut, ohne dass ihn jemand hörte, und der Schnee stiebte, und der Schlitten flog weiter und machte dann und wann einen Sprung, als überquerte er Gräben und Zäune. Zutiefst erschrocken wollte Kay sein Vaterunser beten, doch das Einzige, was ihm einfiel, war das große Einmaleins.

Die Schneeflocken wurden größer und größer, sahen schließlich wie große weiße Hühner aus und flogen plötzlich zur Seite. Der große Schlitten hielt an, und die Person, die ihn gefahren hatte, erhob sich – ihr Pelz und ihre Mütze waren aus purem Schnee. Es war eine Dame, sehr groß und stolz und blendend weiß, es war die Schneekönigin.

»Wir sind gut vorangekommen«, sagte sie. »Aber du frierst ja! Kriech zu mir in den Bärenpelz!« Und sie setzte ihn neben sich auf den Schlitten und hüllte ihn in ihren Pelz; dabei war ihm, als würde er in einer Schneewehe versinken.

»Frierst du noch?«, fragte sie, und dann küsste sie ihn auf die Stirn. Hu, das war kälter als Eis und fuhr ihm mitten ins Herz, das ja schon halbwegs ein Eisklumpen war. Ihm war zum Sterben zumute – doch nur für einen Augenblick, dann tat es gerade gut; von der Kälte, die ihn umgab, spürte er nichts mehr.

»Mein Schlitten! Vergiss meinen Schlitten nicht!« Das fiel ihm als Erstes ein, und der wurde nun einem der weißen Hühner auf den Rücken gebunden, und das flog nun mit ihm hinterdrein. Die Schneekönigin küsste den Jungen noch einmal, und da hatte er die kleine Gerda und die Großmutter und alle daheim vergessen.

»Mehr Küsse bekommst du jetzt nicht«, sagte sie, »sonst küsse ich dich zu Tode.«

Kay betrachtete sie: sie war wunderschön, er konnte sich kein klügeres, reizvolleres Gesicht vorstellen. Jetzt schien sie nicht aus Eis, wie damals, als sie vor seinem Fenster gesessen und ihm zugewinkt hatte, sie war in seinen Augen vollkommen. Er verspürte nicht die geringste Furcht und erzählte ihr, was er konnte: Kopfrechnen und Rechnen mit Brüchen, wie viele Quadratmeilen und wie viele Einwohner die Länder hatten. Weil sie die ganze Zeit lächelte, glaubte er, er wisse doch nicht genug, und schaute in den großen, großen Luftraum hinauf. Und sie flog mit ihm weiter, flog hoch empor auf der schwarzen Wolke, und der Sturm sauste und brauste und schien alte Lieder zu singen. Sie flogen über Wälder und Seen, über Meere und Länder; unter ihnen pfiff der kalte Wind, heulten die Wölfe, funkelte der Schnee, krächzten schwarze Krähen. Doch am Himmel schien der Mond so groß und hell, und ihn sah Kay in der langen, langen Winternacht an, während er am Tage zu Füßen der Schneekönigin schlief.

## *Dritte Geschichte*<br>Der Blumengarten der Frau,<br>die zaubern konnte

Doch wie erging es der kleinen Gerda, als Kay nicht wiederkehrte? Wo war er nur? – Niemand wusste es, niemand konnte Auskunft geben. Die anderen Jungen erzählten, sie hätten nur gesehen, dass er seinen kleinen Schlitten an einen prächtigen großen gebunden habe und mit ihm dann die Straße entlang und zum Stadttor hinausgefahren sei. Niemand wusste, wo er war, viele Tränen flossen, die kleine Gerda weinte und weinte bitterlich. – Dann sagten die Leute, er sei tot, sei im Fluss nahe der Stadt ertrunken. Ach, das waren sehr lange, dunkle Wintertage.

Dann kam der Frühling und die Sonne schien wärmer.

»Kay ist tot und verschwunden!«, sagte die kleine Gerda.

»Das glaube ich nicht«, sagte der Sonnenschein.

»Er ist tot und verschwunden!«, sagte sie zu den Schwalben.

»Das glauben wir nicht«, antworteten sie, und schließlich glaubte es die kleine Gerda auch nicht.

»Ich will meine neuen roten Schuhe anziehen«, sagte sie eines Morgens, »die Kay nie gesehen hat, und dann will ich hinunter zum Fluss gehen und den fragen.«

Und es war noch ganz früh; sie küsste ihre alte Großmutter, die noch schlief, zog sich die roten Schuhe an und ging ganz allein zum Tor hinaus und zum Fluss.

»Stimmt es, dass du mir meinen kleinen Spielgefährten weggenommen hast? Ich will dir meine roten Schuhe schenken, wenn du ihn mir zurückgibst!«

Es kam ihr so vor, als ob die Wellen sonderbar nickten, und da nahm sie ihre roten Schuhe, die ihr das Liebste waren, und warf sie alle beide in den Fluss. Doch sie fielen so dicht am Ufer nieder, dass die kleinen Wellen sie rasch wieder zu ihr trugen, als wollte der Fluss ihr Liebstes nicht haben, weil auch er den kleinen Kay nicht hatte. Sie aber glaubte, sie hätte nur nicht weit genug geworfen, und als sie im Schilf ein Boot erblickte, kletterte sie hinein, ging bis ans äußerste Ende und warf die Schuhe noch einmal ins Wasser. Doch das Boot war nicht festgebunden, und sie stieß es durch ihre Bewegung vom Ufer ab. Als sie das merkte, wollte sie schleunigst an Land zurück, aber das Boot war schon mehr als eine Elle weit entfernt und schwamm immer schneller davon.

Da bekam die kleine Gerda einen großen Schreck und fing laut an zu weinen, was keiner hörte außer den Spatzen, und die konnten sie nicht an Land tragen. Doch sie flogen am Ufer entlang und sangen, wie um sie zu trösten: »Hier sind wir! Hier sind wir!« Das Boot trieb mit der Strömung, die kleine Gerda saß ganz still, nur in Strümpfen; ihre kleinen roten Schuhe schwammen hinterdrein, konnten aber das Boot nicht erreichen, denn es trieb immer rascher davon.

Die Ufer waren schön zu beiden Seiten, prächtige Blumen, alte Bäume und Hänge mit Schafen und Kühen waren zu sehen, doch nirgends ein Mensch.

»Vielleicht trägt der Fluss mich zum kleinen Kay«, dachte Gerda, und da wurde ihre Stimmung besser, sie richtete sich auf und betrachtete viele Stunden die schönen grünen Ufer.

Dann trieb sie auf einen großen Kirschgarten zu, in dem ein Häuschen stand, das merkwürdige rote und blaue Fenster und ein Strohdach hatte, und davor standen zwei hölzerne Soldaten, die schulterten für die Vorbeifahrenden das Gewehr.

Gerda glaubte, sie wären lebendig, und rief sie an, doch natürlich gaben sie keine Antwort. Der Fluss trieb das Boot ganz dicht an sie heran und direkt zum Ufer.

Als Gerda noch lauter rief, kam aus dem Haus eine alte, alte Frau. Sie stützte sich auf einen Krummstab und trug auf dem Kopf einen großen Sonnenhut, der mit den schönsten Blumen bemalt war.

»Du armes Kindchen!«, sagte die alte Frau. »Wie bist du nur in diesen großen, reißenden Strom geraten und so weit in die Welt hinausgetrieben?« Und dann watete sie durch das Wasser, packte mit ihrem Krummstab das Boot, zog es an Land und hob die kleine Gerda heraus.

Und obwohl sich Gerda freute, dass sie nun auf dem Trockenen war, hatte sie vor der fremden alten Frau doch ein wenig Angst.

»Jetzt erzähl mir mal, wer du bist und was dich hierher geführt hat!«, sagte die Alte.

Da begann Gerda zu erzählen, und die Frau schüttelte den Kopf und sagte: »Hm! Hm!« Und nachdem Gerda alles berichtet und sie gefragt hatte, ob sie nicht den kleinen Kay gesehen habe, antwortete die Frau, er sei zwar noch nicht vorbeigekommen, würde es aber sicher tun; Gerda solle nur nicht traurig sein, sondern ihre Kirschen probieren und die Blumen betrachten, die seien schöner als irgendein Bilderbuch, und jede könne eine ganze Geschichte erzählen. Dann nahm sie das Mädchen bei der Hand, ging mit ihr in das Häuschen und schloss die Tür auf. Die Fenster saßen sehr hoch, hatten rote, blaue und gelbe Scheiben und ließen das Tageslicht ganz sonderbar in allen Farben schimmern. Auf dem Tisch standen die herrlichsten Kirschen, und Gerda durfte so viele essen, wie sie wollte. Und während sie aß, kämmte die alte Frau mit einem goldenen Kamm ihr Haar, bis es sich kräuselte und mit wunderbarem gelben Glanz ihr freundliches kleines Gesicht umrahmte, das ganz rund war und wie eine Rose aussah.

»So ein liebes kleines Mädchen habe ich mir immer gewünscht«, sagte die Alte. »Jetzt sollst du sehen, wie gut wir zwei uns vertragen!« Und je länger sie Gerdas Haare kämmte, umso weniger dachte das Mädchen an Kay, ihren Pflegebruder. Die alte Frau konnte nämlich zaubern, war aber kein böses Trollweib, sondern zauberte nur ein bisschen zu ihrem eigenen Vergnügen, und nun wollte sie die kleine Gerda gern behalten. Deshalb ging sie in den Garten, richtete ihren Krummstab auf alle Rosenstöcke, und die mochten noch so schön blühen, sie versanken doch allesamt in der schwarzen Erde, und nichts ließ erkennen, wo sie gestanden hatten. Die Alte befürchtete nämlich, Gerda könnte beim Anblick dieser Blumen an ihre Rosen zu Hause denken und sich dann an den kleinen Kay erinnern und davonlaufen.

Nun führte sie Gerda in den Blumengarten. – Nein, was für ein Duft und welch eine Schönheit! Alle nur denkbaren Blumen, und zwar aus allen Jahreszeiten, standen im herrlichsten Flor – kein Bilderbuch konnte bunter und schöner sein. Gerda hüpfte vor Freude und spielte nun hinter den hohen Kirschbäumen, bis die Sonne unterging. Dann bekam sie ein schönes Bett mit roten Seidendecken, die mit blauen Veilchen gefüllt waren, und sie schlief und träumte so herrlich wie eine Königin an ihrem Hochzeitstag.

Am nächsten Tag durfte sie wieder mit den Blumen im warmen Sonnenschein spielen – so vergingen viele Tage. Gerda kannte jede Blume, doch wie viele es hier auch gab, eine schien ihr doch zu fehlen, nur welche, das wusste sie nicht. Eines Tages fiel ihr Blick auf den Sonnenhut der alten Frau, der mit Blumen bemalt war, und just die schönste davon war eine Rose. Während die Alte alle anderen Rosen in die Erde gezaubert hatte, hatte sie die am Hut vergessen – so ist das, wenn man seine Gedanken nicht beisammen hat!

»Wie«, sagte Gerda, »soll es hier keine Rosen geben?«

Doch als sie zwischen die Beete sprang, suchte und suchte, konnte sie keine finden. Da setzte sie sich nieder und weinte, und ihre heißen Tränen fielen gerade auf jene Stelle, wo ein Rosenstock versunken war, und als sie die Erde nässten, wuchs er mit einem Mal empor, so blühend wie einst. Und Gerda umarmte ihn, küsste die Blüten und dachte an ihre schönen Rosen daheim und damit auch an den kleinen Kay.

»Oh, wie bin ich aufgehalten worden!«, sagte das kleine Mädchen. »Ich war doch auf der Suche nach Kay! – Wisst ihr nicht, wo er ist?«, fragte sie die Rosen. »Glaubt ihr, dass er tot ist und verschwunden?«

»Tot ist er nicht«, sagten die Rosen. »Wir kommen ja aus der Erde, wo alle Toten sind, aber Kay war nicht dabei.«

»Habt vielen Dank!«, sagte die kleine Gerda. Dann ging sie zu den anderen Blumen, schaute in ihre Kelche und fragte: »Wisst ihr nicht, wo der kleine Kay ist?«

Doch jede Blume stand in der Sonne und träumte ihr eigenes Märchen, ihre eigene Geschichte; davon hörte Gerda so viele, viele, doch keine wusste etwas von Kay.

Und was erzählte die Feuerlilie?

»Hörst du die Trommel: bum! bum! Sie hat nur zwei Töne, immer bum! bum! Hör den Trauergesang der Frauen! Hör die Rufe der Priester! Auf dem Scheiterhaufen steht im langen roten Gewand die Hindu-Frau, die Flammen umlodern sie und ihren toten Mann. Doch sie denkt an den Lebendigen in diesem Kreis, an ihn, dessen Augen heißer brennen als die Flammen, der mit dem Feuer seiner Augen eher ihr Herz erreicht als jene Flammen, die ihren Körper bald zu Asche verwandeln. Kann die Flamme des Herzens in den Flammen des Scheiterhaufens sterben?«

»Das verstehe ich gar nicht«, sagte die kleine Gerda.

»Das ist mein Märchen!«, sagte die Feuerlilie.

Und was sagte die Winde?

»Über dem schmalen Gebirgspfad ragt eine alte Ritterburg auf; an ihren alten roten Mauern wächst dichtes Immergrün, Blatt an Blatt, und windet sich um den Balkon, auf dem ein schönes Mädchen steht. Sie beugt sich über die Brüstung und blickt auf den Weg hinunter. Keine Rose am Strauch ist frischer, keine Apfelblüte im Wind schwebt anmutiger als sie; wie raschelt ihr prächtiges Seidengewand. ›Kommt er denn nicht?‹«

»Ist es Kay, den du meinst?«, fragte die kleine Gerda.

»Ich rede nur von meinem Märchen, meinem Traum«, antwortete die Winde.

Was sagte das kleine Schneeglöckchen?

»Zwischen den Bäumen hängt an Stricken ein langes Brett, das ist eine Schaukel. Zwei niedliche kleine Mädchen – die Kleider sind weiß wie Schnee, lange grüne Seidenbänder flattern von den Hüten – schwingen sich hin und her. Ihr Bruder, der größer ist als sie, steht auf dem Brett und hat nur den Arm um den Strick gelegt, denn in der einen Hand hält er eine kleine Schüssel, in der anderen eine Tonpfeife – er macht Seifenblasen. Die Schaukel geht hin und her, und die Blasen fliegen mit prächtigen, wechselnden Farben, die letzte hängt noch am Pfeifenstiel und flattert im Wind; die Schaukel schwingt. Das schwarze Hündchen, leicht wie die Blasen, stellt sich auf die Hinterbeine und will auch auf die fliegende Schaukel; es fällt auf die Nase, kläfft und ist wütend – es ist genarrt, die Seifenblasen platzen. – Ein schaukelndes Brett, ein zerspringendes Schaumbild, das ist mein Lied!«

»Es mag hübsch sein, was du erzählst, aber du sagst es so traurig, und Kay nennst du gar nicht. Was sagen die Hyazinthen?«

»Es waren drei schöne Schwestern, so durchsichtig und fein; die eine hatte ein rotes Gewand, die zweite ein blaues, die dritte ein ganz weißes. Hand in Hand tanzten sie im hellen Mondschein am stillen See. Sie waren keine Elfen, sondern Menschenkinder. Es duftete so süß, und die Mädchen verschwanden im Wald; der Duft wurde stärker – drei Särge kamen aus dem Dickicht des Waldes und glitten über den See, darin lagen die schönen Mädchen; Glühwürmchen schwirrten leuchtend herum, wie kleine schwebende Lichter. Schlafen die tanzenden Mädchen, oder sind sie tot? – Der Blumenduft sagt, dass sie gestorben sind, die Abendglocke läutet für die Toten!«

»Du machst mich ganz traurig«, sagte die kleine Gerda. »Du duftest so stark, ich muss an die toten Mädchen denken. Ach, ist der kleine Kay wirklich gestorben? Die Rosen waren in der Erde, und sie sagen nein!«

»Ding, dang!«, läuteten die Glocken der Hyazinthen. »Wir läuten nicht für den kleinen Kay, den kennen wir nicht. Wir singen nur unser Lied, das einzige, das wir können.«

Und Gerda ging zur Butterblume, die zwischen den glänzenden grünen Blättern schimmerte.

»Du bist eine kleine helle Sonne!«, sagte Gerda. »Sag mir, ob du weißt, wo ich meinen Spielgefährten finde!«

Und die Butterblume leuchtete so schön und erwiderte Gerdas Blick. Was für ein Lied konnte sie wohl singen? Es handelte auch nicht von Kay.

»Am ersten Frühlingstag schien Gottes liebe Sonne so warm in einen kleinen Hof und ließ ihre Strahlen an der weißen Wand des Nachbarn hinuntergleiten, wo gleich daneben die ersten gelben Blumen wuchsen, leuchtendes Gold in der warmen Sonne. Die alte Großmutter saß auf ihrem Stuhl vor dem Haus, ihre Enkeltochter, das arme, schöne Dienstmädchen, kam zu einem kurzen Besuch und küsste sie. In diesem lieben Kuss war Gold, das Gold des Herzens. Gold auf dem Munde, Gold auf dem Grunde, Gold dort oben in der Morgenstunde! Siehst du, das ist meine kleine Geschichte«, sagte die Butterblume.

»Meine arme alte Großmutter!«, seufzte Gerda. »Ja, sie hat gewiss nach mir Sehnsucht, ist betrübt über mich, genauso wie über den kleinen Kay. Aber ich kehre bald zurück, und dann bringe ich Kay mit. – Es nützt nichts, dass ich die Blumen frage, sie können nur ihr eigenes Lied, sie geben mir keine Auskunft.« Und dann schürzte sie ihr Kleidchen, damit sie schneller laufen konnte. Doch eine Narzisse, über die sie sprang, schlug sie gegen die Beine. Da blieb sie stehen, betrachtete die lange gelbe Blume, beugte sich zu ihr hinunter und fragte: »Weißt du vielleicht etwas?«

Und was sagte die Narzisse?

»Ich kann mich selbst sehen! Ich kann mich selbst sehen!«, sagte die Narzisse. »Oh, oh, wie ich dufte! – In der kleinen Dachkammer steht, halb bekleidet, eine kleine Tänzerin, bald steht sie auf einem Bein, bald auf zweien, sie tritt die ganze Welt mit Füßen, sie ist nur eine Augentäuschung. Sie gießt Wasser aus dem Teekessel auf ein Stück Stoff, das ist ihr Schnürleib – Reinlichkeit ist eine gute Sache! Das weiße Kleid dort am Haken hat sie auch im Teekessel gewaschen und auf dem Dach getrocknet; das zieht sie nun an, das safrangelbe Halstuch lässt es noch weißer leuchten. Hoch das Bein! Schau, wie stolz sie sich reckt auf einem Stiel! Ich kann mich selbst sehen! Ich kann mich selbst sehen!«

»Das gefällt mir überhaupt nicht!«, sagte Gerda. »Das ist nichts für meine Ohren!« Und dann lief sie bis an die Grenze des Gartens.

Die Tür war geschlossen, doch sie rüttelte die verrostete Krampe los, und die Tür sprang auf, und dann lief die kleine Gerda auf nackten Füßen in die weite Welt hinaus. Sie blickte dreimal zurück, doch niemand verfolgte sie. Schließlich konnte sie nicht mehr laufen und setzte sich auf einen großen Stein, und als sie sich umsah, war der Sommer vergangen, und es war Spätherbst, was in dem prächtigen Garten, wo immer die Sonne schien und Blumen aller Jahreszeiten blühten, gar nicht zu spüren gewesen war.

»Gott, wie habe ich mich verspätet!«, sagte die kleine Gerda. »Es ist ja schon Herbst! Da darf ich nicht ruhen!« Und sie stand auf und wollte weitergehen.

Ach, ihre kleinen Füße waren wund und müde, und ringsum sah es kalt und unwirtlich aus. Die langen Weidenblätter waren ganz gelb und trieften von Nässe, Blatt für Blatt fiel herab, nur der Schlehdorn trug Früchte, so herb, dass es einem den Mund zusammenzog. Ach, wie grau und bedrückend war es in der weiten Welt.

## *Vierte Geschichte*
## Prinz und Prinzessin

Als sich Gerda wieder ausruhen musste, sah sie vor sich eine große Krähe im Schnee hüpfen; die hatte lange dort gesessen, das Mädchen betrachtet und mit dem Kopf gewackelt. Jetzt sagte sie: »Kra, Kra! Gu' Ta'! Gu' Ta'!« Besser konnte sie sich nicht ausdrücken, doch sie meinte es gut mit dem kleinen Mädchen und fragte, wohin sie so allein in der weiten Welt unterwegs sei.

Das Wort allein verstand Gerda sehr gut und fühlte so recht, was darin lag, und da erzählte sie der Krähe ihr ganzes Leben und fragte, ob sie Kay nicht gesehen habe.

Und die Krähe nickte sehr nachdenklich und sagte: »Das könnte sein! Das könnte sein!«

»Glaubst du wirklich?«, rief das kleine Mädchen und hätte die Krähe mit ihren Küssen fast totgedrückt.

»Vernünftig! Vernünftig!«, sagte die Krähe. »Ich glaube, ich weiß – ich glaube, das könnte der kleine Kay sein. Aber er hat dich nun gewiss über der Prinzessin vergessen.«

»Wohnt er bei einer Prinzessin?«, fragte Gerda.

»Hör zu!«, sagte die Krähe. »Aber es fällt mir so schwer, deine Sprache zu sprechen. Wenn du Krähenwelsch verstehst, dann kann ich besser erzählen.«

»Nein, das habe ich nicht gelernt«, sagte Gerda, »aber Großmutter konnte es, und Löffelsprache konnte sie auch. Hätte ich es doch nur gelernt!«

»Macht nichts«, sagte die Krähe, »ich will erzählen, so gut ich kann, aber schlecht wird es trotzdem.« Und dann erzählte sie, was sie wusste.

»In dem Königreich, in dem wir jetzt sitzen, wohnt eine Prinzessin, die ist ungeheuer klug; aber sie hat auch alle Zeitungen, die es auf der Welt gibt, gelesen und dann wieder vergessen, so klug ist sie. Neulich sitzt sie auf ihrem Thron, und das ist gar nicht mal lustig, sagt man, und da summt sie unwillkürlich eine Melodie, und das war just das Lied ›Warum soll ich nicht heiraten‹. – ›Da ist etwas dran‹, sagt sie, und dann wollte sie heiraten, aber sie wollte einen Mann haben, der zu antworten wusste, wenn man ihn ansprach, nicht so einen, der nur vornehm aussieht, denn das ist so langweilig.

Nun ließ sie alle Hofdamen zusammentrommeln, und als diese von ihrem Wunsch hörten, wurden sie ganz vergnügt. ›Das gefällt mir gut‹, sagten sie. ›An so etwas habe ich neulich auch schon gedacht.‹ – Glaub mir, jedes Wort, das ich sage, ist wahr!«, beteuerte die Krähe. »Ich habe eine zahme Liebste, die läuft frei im Schloss herum, und die hat mir alles erzählt.«

Diese Liebste war natürlich auch eine Krähe, denn eine Krähe sitzt gern bei der andern.

»Die Zeitungen bekamen sogleich einen Rand mit Herzen und dem Namenszug der Prinzessin; man konnte lesen, dass es jedem jungen Mann von gutem Aussehen freistehe, aufs Schloss zu kommen und mit der Prinzessin zu reden; und denjenigen, der am unbefangensten und am besten reden konnte, den wollte die Prinzessin zum Mann nehmen. – Ja, ja«, sagte die Krähe. »Glaub mir, das ist so gewiss, wie ich hier sitze! Die Leute strömten herbei, es gab ein Gedränge und Gelaufe, doch keinem gelang es, weder am ersten noch am zweiten Tag. Draußen auf der Straße konnten sie allesamt gut reden, aber sowie sie durch das Schlosstor kamen und die Garde in Silber erblickten und auf den Treppen die Lakaien in Gold und dann die großen, hell erleuchteten Säle, da verschlug es ihnen die Sprache; und wenn sie vor dem Thron standen, auf dem die Prinzessin saß, dann wussten sie nichts weiter zu sagen als das letzte Wort, das sie gesagt hatte, und das mochte sie nicht noch einmal hören. Es war, als hätten die Leute im Schloss Schnupftabak auf den Bauch bekommen und wären in einen Dämmerschlaf gefallen, doch als sie dann wieder auf die Straße kamen, ja, da konnten sie reden! Da standen sie alle in einer ganzen Reihe da, vom Stadttor bis zum Schloss. Ich habe es mit eigenen Augen gesehen!«, sagte die Krähe. »Sie bekamen Hunger und Durst, aber vom Schloss wurde ihnen nicht einmal so viel wie ein Glas lauwarmes Wasser gegeben. Zwar hatten sich einige der Klügsten

Butterbrote mitgenommen, aber die wollten sie nicht mit ihren Nachbarn teilen, denn sie dachten wohl so: ›Soll er doch hungrig aussehen, dann nimmt ihn die Prinzessin nicht!‹«

»Aber Kay, der kleine Kay?«, fragte Gerda. »Wann ist er denn gekommen? War er unter den vielen?«

»Warte ab! Warte ab! Gleich sind wir bei ihm. Es war am dritten Tag, da kam ein kleiner Bursche, der hatte weder Pferd noch Wagen und marschierte ganz beherzt spornstreichs zum Schloss. Seine Augen glänzten wie deine, er hatte schönes langes Haar, aber sonst ärmliche Kleider.«

»Das war Kay!«, jubelte Gerda. »Oh, dann habe ich ihn gefunden!« Und sie klatschte in die Hände.

»Er trug ein kleines Ränzel auf dem Rücken«, sagte die Krähe.

»Nein, das war sicher sein Schlitten«, sagte Gerda, »denn den hatte er zuletzt bei sich.«

»Das mag schon sein«, sagte die Krähe, »ich habe nicht so genau hingesehen. Aber das weiß ich von meiner zahmen Liebsten, als er durchs Schlosstor ging und die Leibgarde in Silber und auf der Treppe die Lakaien in Gold erblickte, da wurde er kein bisschen bange, sondern nickte ihnen zu und sagte: ›Es muss langweilig sein, auf der Treppe zu stehen, ich gehe lieber hinein.‹ Die Säle strahlten von Lichtern, Geheimräte und Exzellenzen liefen barfuß und trugen goldene Schalen – da konnte einem ganz feierlich zumute werden! Seine Stiefel knarrten ganz furchtbar laut, aber er bekam doch keine Angst!«

»Das war ganz bestimmt Kay!«, sagte Gerda. »Ich weiß, dass er neue Stiefel hatte, ich habe sie in Großmutters Stube knarren gehört.«

»Ja, geknarrt haben sie«, sagte die Krähe, »und keck ging er geradewegs zur Prinzessin, die auf einer Perle so groß wie ein Spinnrad saß. Und rundherum waren alle Hofdamen mit ihren Mägden und den Mägden ihrer Mägde und alle Kavaliere mit ihren Dienern und den Dienern ihrer Diener und deren Knecht aufgestellt, und je näher sie der Tür standen, umso stolzer sahen sie aus. Den Knecht der Diener, der stets Pantoffeln trägt, konnte man fast nicht ansehen, so stolz stand er in der Tür.«

»Das muss grauenhaft sein!«, sagte die kleine Gerda. »Und Kay hat doch die Prinzessin bekommen?«

»Wäre ich nicht eine Krähe gewesen, dann hätte ich die Prinzessin genommen, und das, obwohl ich verlobt bin. Er soll genauso gut gesprochen haben wie ich, wenn ich Krähenwelsch spreche, das habe ich von meiner zahmen Liebsten. Er war keck und hübsch; er wollte gar nicht um die Prinzessin freien, sondern war nur gekommen, um ihre Klugheit zu hören, und die gefiel ihm gut, und er gefiel ihr auch gut.«

»Ja, bestimmt war das Kay!«, sagte Gerda. »Er war so klug, er konnte Kopfrechnen mit Brüchen! – Ach, bitte führ mich doch ins Schloss!«

»Das ist leicht gesagt«, entgegnete die Krähe. »Aber wie stellen wir das an? Ich will mit meiner zahmen Liebsten reden, sie kann uns wohl raten. Denn eins muss ich dir sagen: so einem kleinen Mädchen wie dir erlaubt man nie, ordentlich hineinzukommen!«

»Doch, das schaffe ich!«, sagte Gerda. »Wenn Kay hört, dass ich hier bin, kommt er sofort heraus, um mich zu holen.«

»Warte auf mich dort am Steg!«, sagte die Krähe, wackelte mit dem Kopf und flog davon.

Erst als es dunkler Abend war, kehrte sie zurück: »Kra! Kra!«, sagte sie. »Ich soll dich vielmals von meiner Liebsten grüßen, und hier ist ein Stückchen Brot für dich, das hat sie in der Küche gestohlen, da gibt es genug davon, und du bist sicher hungrig. – Du kannst unmöglich ins Schloss hineingehen, du hast ja nackte Füße; das würden die Garde in Silber und die Lakaien in Gold nicht erlauben. Aber weine nicht, du sollst doch hineingelangen. Meine Liebste weiß eine kleine Hintertreppe, die zur Schlafkammer führt, und sie weiß auch, wo man den Schlüssel holt.«

Dann gingen sie in den Garten, in die große Allee, wo ein Blatt nach dem anderen fiel, und als nach und nach die Lichter im Schloss erloschen, führte die Krähe die kleine Gerda zu einer Hintertür, die nur angelehnt war.

Oh, wie Gerdas Herz vor Angst und Sehnsucht klopfte! Ihr war zumute, als sollte sie etwas Schlimmes tun, und sie wollte doch nur in Erfahrung bringen, ob es der kleine Kay war – ja, er musste es sein! Sie stellte sich ganz lebhaft seine klugen Augen, sein langes Haar vor und konnte richtig sehen, wie er damals lächelte, als sie daheim unter den Rosen saßen. Sicher würde er sich freuen, wenn er sie erblickte, wenn er hörte, welch einen weiten Weg sie seinetwegen gegangen war, wenn er wüsste, wie es alle zu Hause bekümmert hatte, als er nicht zurückgekehrt war. Oh, wie sie sich fürchtete und freute!

Nun hatten sie die Treppe erreicht. Auf einem Schrank brannte eine kleine Lampe, mitten auf dem Fußboden stand die zahme Krähe, drehte den Kopf nach allen Seiten und betrachtete Gerda, die einen Knicks machte, wie die Großmutter ihr beigebracht hatte.

»Mein Verlobter hat so hübsch von Ihnen gesprochen, mein kleines Fräulein«, sagte die zahme Krähe, »Ihre Vita, wie man das nennt, ist auch äußerst rührend! – Würden Sie bitte die Lampe tragen, dann will ich vorangehen. Wir nehmen diesen geraden Weg, da begegnen wir keinem.«

»Mir scheint, es kommt jemand hinter uns her«, sagte Gerda, denn es schwirrte etwas an ihr vorüber, wie Schatten an der Wand, Pferde mit flatternden Mähnen und dünnen Beinen, Jägerburschen, Herren und Damen zu Pferde.

»Das sind nur die Träume«, sagte die Krähe. »Sie holen die Gedanken der hohen Herrschaft zur Jagd, das ist gut, da können Sie die beiden im Bett besser betrachten. Aber ich darf wohl erwarten, dass Sie mir ein dankbares Herz bezeigen, wenn Sie zu Ehren und Würden gelangen!«

»Das ist doch ganz selbstverständlich!«, sagte die Krähe aus dem Wald.

Nun kamen sie in den ersten Saal, dessen Wände mit rosenrotem Atlas und künstlichen Blumen bekleidet waren. Auch hier schwirrten die Träume an ihnen vorüber, und zwar so schnell, dass Gerda die hohe Herrschaft nicht sehen konnte. Ein Saal war prächtiger als der andere, ja, da konnte man schon staunen, und nun waren sie in der Schlafkammer. Die Zimmerdecke glich einer großen Palme mit Blättern aus Glas, kostbarem Glas, und in der Mitte hingen an einem dicken goldenen Stängel zwei Betten, von denen jedes einer Lilie glich. Das eine war weiß, darin lag die Prinzessin; das andere war rot, und darin sollte Gerda nun den kleinen Kay suchen. Sie bog eins der roten Blätter zur Seite und erblickte einen braunen Nacken – oh, das war Kay! Sie rief ganz laut seinen Namen, ließ den Lichtschein der Lampe auf ihn fallen – da schwirrten die Träume zu Pferde rasch ins Zimmer zurück –, er wachte auf, wandte den Kopf – und war nicht der kleine Kay.

Der Prinz ähnelte ihm nur im Nacken, doch er war jung und schön. Und aus dem weißen Lilienbett guckte die Prinzessin hervor und fragte, was es gebe. Da weinte die kleine Gerda und erzählte ihre ganze Geschichte und alles, was die Krähen für sie getan hatten.

»Du armes Ding!«, sagten der Prinz und die Prinzessin, und sie lobten die Krähen und versicherten, sie seien ihnen überhaupt nicht böse, aber sie sollten das bitte nicht noch einmal tun. Indessen sollten sie eine Belohnung bekommen.

»Wollt ihr frei fliegen«, fragte die Prinzessin, »oder wollt ihr eine feste Anstellung als Hofkrähen haben, mit allem, was in der Küche abfällt?«

Und beide Krähen verneigten sich und baten um eine feste Anstellung, denn sie dachten an ihr Alter. »Es ist doch gut, wenn man auf seine alten Tage etwas hat«, wie sie sich ausdrückten.

Da stieg der Prinz aus seinem Bett und ließ Gerda darin schlafen, und mehr konnte er nicht tun. Sie faltete ihre kleinen Hände und dachte: »Wie gut Menschen und Tiere doch sind!« Und dann schloss sie die Augen und fiel in einen gesegneten Schlaf. Sämtliche Träume kamen wieder hereingeflogen, und sie sahen wie Gottes Engel aus und zogen einen kleinen Schlitten, und darauf saß Kay und nickte. Aber alles war nur Träumerei und deshalb auch wieder verschwunden, als Gerda erwachte.

Am nächsten Tag kleidete man sie von Kopf bis Fuß in Samt und Seide; sie wurde eingeladen, auf dem Schloss zu bleiben und sich's gut sein zu lassen. Aber sie bat nur um einen kleinen Wagen mit einem Pferd und um ein Paar kleine Stiefel, dann wollte sie wieder in die weite Welt hinausfahren und Kay suchen.

Und sie bekam zu den Stiefeln noch einen Muff, und wurde allerliebst eingekleidet, und als sie aufbrechen wollte, hielt vor der Tür eine neue Kutsche aus purem Gold, daran leuchtete das Wappen des Prinzen und der Prinzessin wie ein Stern; Kutscher, Diener und Vorreiter, denn Vorreiter gab es auch, trugen goldene Kronen. Der Prinz und die Prinzessin halfen Gerda persönlich in den Wagen und wünschten ihr viel Glück.

Die Waldkrähe, die jetzt verheiratet war, begleitete sie die ersten drei Meilen und saß neben ihr, weil sie Rückwärtsfahren nicht vertrug. Die zweite Krähe stand im Tor und schlug mit den Flügeln, sie wollte nicht mitkommen, denn seitdem sie eine feste Anstellung und zu viel zu essen hatte, litt sie an Kopfschmerzen. Die Kutsche war innen mit Zuckerkringeln gefüttert, und auf dem Sitz lagen Früchte und Pfeffernüsse.

»Leb wohl! Leb wohl!«, riefen Prinz und Prinzessin, und die kleine Gerda weinte, und die Krähe weinte – so ging es die ersten Meilen, dann sagte auch die Krähe Lebewohl, und das war der schmerzlichste Abschied; sie flog auf einen Baum und schlug mit ihren schwarzen Flügeln, solange sie den Wagen sah, und der glänzte wie der helle Sonnenschein.

## *Fünfte Geschichte*
## Das kleine Räubermädchen

Sie fuhren durch den dunklen Wald, doch die Kutsche leuchtete wie eine Flamme; das schnitt den Räubern so in die Augen, dass sie es nicht ertragen konnten.

»Das ist Gold! Das ist Gold!«, riefen sie, stürzten hervor, packten die Pferde, schlugen die kleinen Vorreiter, den Kutscher und die Diener tot und zerrten dann die kleine Gerda aus dem Wagen.

»Sie ist fett, sie ist hübsch, sie ist mit Nusskernen gemästet!«, sagte das alte Räuberweib, das einen langen, struppigen Bart und Brauen bis über die Augen hatte. »Die ist so gut wie ein fettes Lämmchen, ha, die wird uns schmecken!« Und dann zückte sie ihr blankes Messer, und das blitzte – es war grauenhaft!

»Au!«, rief die Alte im gleichen Moment, denn ihre eigene kleine Tochter hatte sie ins Ohr gebissen. Sie hing auf ihrem Rücken und war so wild und ungezogen, dass es eine Lust war. »Du freche Göre!«, sagte die Mutter und hatte nun keine Zeit mehr, Gerda zu schlachten.

»Sie soll mit mir spielen!«, sagte das kleine Räubermädchen. »Sie soll mir ihren Muff und ihr hübsches Kleid geben und in meinem Bett schlafen!« Und dann biss sie noch einmal zu, dass die Räuberalte in die Höhe sprang und herumwirbelte, und alle Räuber lachten und sagten: »Guckt mal, wie sie mit ihrer Kleinen tanzt!«

»Ich will in die Kutsche!«, sagte das kleine Räubermädchen, und sie war so verwöhnt und so dickköpfig, dass sie ihren Willen haben wollte und musste.

Sie setzte sich nun zu Gerda, und dann fuhren sie über Stock und Stein tiefer in den Wald. Das kleine Räubermädchen war nicht größer als Gerda, jedoch kräftiger, hatte breitere Schultern und eine dunkle Haut; die Augen waren ganz schwarz und sahen fast traurig aus. Sie legte ihren Arm um die kleine Gerda und sagte: »Sie sollen dich nicht schlachten, solange ich nicht wütend auf dich bin. Bist du wirklich eine Prinzessin?«

»Nein«, sagte Gerda und erzählte alles, was sie erlebt und wie gern sie den kleinen Kay hatte.

Das Räubermädchen sah sie sehr ernst an, nickte kurz mit dem Kopf und sagte: »Sie sollen dich nicht schlachten, auch nicht, wenn ich wütend auf dich werde, dann will ich das schon selber tun!« Und sie trocknete Gerda die Augen und steckte beide Hände in ihren hübschen Muff, der war so weich und so warm.

Nun hielt die Kutsche an, sie waren mitten im Hof eines Räuberschlosses. Das war von oben bis unten geborsten, Raben und Krähen flogen aus den offenen Löchern, und riesige Bullenbeißer, von denen jeder aussah, als könnte er einen Menschen verschlingen, sprangen hoch, aber sie bellten nicht, denn das war verboten.

In der Mitte des großen alten, verrußten Saals brannte auf dem Steinfußboden ein gewaltiges Feuer; der Rauch zog unter der Decke entlang und musste sich selbst einen Abzug suchen; in einem großen Braukessel kochte Suppe, und Hasen und Kaninchen drehten sich am Spieß.

»Du sollst heute Nacht bei mir und allen meinen Tierchen schlafen!«, sagte das Räubermädchen.

Sie bekamen zu essen und zu trinken und gingen dann in eine Ecke, wo Stroh und Decken lagen. Darüber saßen auf Stäben und Latten fast hundert Tauben, die alle zu schlafen schienen, doch als die beiden Mädchen kamen, regten sie sich ein wenig.

»Die gehören alle mir«, sagte das kleine Räubermädchen, packte rasch eine der nächsten an den Beinen und schüttelte sie, dass sie mit den Flügeln schlug. »Gib ihr einen Kuss!«, rief sie und klatschte die Taube Gerda ins Gesicht. »Da sitzen die Waldkanaillen!«, fuhr sie fort und zeigte auf ein Loch hoch oben in der Mauer, das mit vielen Stangen verschlossen war. »Das sind Waldkanaillen, die beiden, sowie man sie nicht richtig einsperrt, fliegen sie weg. Und hier ist mein alter Liebling Bä« – dabei zog sie ein Rentier, das einen blanken Kupferring um den Hals trug und festgebunden war, am Geweih. »Den müssen wir auch in die Zange nehmen, sonst läuft er uns weg. Jeden Abend kitzle ich seinen Hals mit meinem scharfen Messer, davor hat er große Angst.« Und das kleine Mädchen zog aus einem Spalt in der Mauer ein langes Messer und ließ es über den Hals des Rentiers gleiten; das arme Tier schlug mit den Beinen aus, und das Räubermädchen lachte, und dann zerrte sie Gerda ins Bett.

»Willst du das Messer bei dir behalten, wenn du schläfst?«, fragte Gerda und sah es etwas ängstlich an.

»Ich schlafe immer mit einem Messer!«, sagte das kleine Räubermädchen. »Man weiß nie, was kommen kann. Aber jetzt erzähl mir noch einmal die Geschichte mit dem kleinen Kay, und warum du hinaus in die weite Welt gegangen bist!«

Und Gerda erzählte von vorn, und die Waldtauben im Bauer gurrten, während die anderen Tauben schliefen. Das kleine Räubermädchen, das seinen Arm um Gerdas Hals gelegt hatte und in der andern Hand das Messer hielt, schlief, dass es zu hören war. Doch Gerda konnte kein Auge zutun, sie wusste nicht, ob sie leben oder sterben sollte. Die Räuber am Feuer sangen und tranken, während das alte Räuberweib Purzelbäume schlug. Ach, das war für das kleine Mädchen ein grässlicher Anblick!

Da sagten die Waldtauben: »Kurre, kurre! Wir haben den kleinen Kay gesehen. Ein weißes Huhn trug seinen Schlitten, er saß bei der Schneekönigin im Wagen und fuhr mit ihr dicht über den Wald hinweg, als wir im Nest saßen. Sie hat uns angeblasen, und alle Jungen sind gestorben, nur wir zwei nicht; kurre, kurre!«

»Was sagt ihr da oben?«, rief Gerda. »Wo ist die Schneekönigin hingefahren? Wisst ihr etwas darüber?«

»Wahrscheinlich ist sie nach Lappland gefahren, weil es da immer Schnee und Eis gibt. Frag nur das Rentier, das dort angebunden steht.«

»Da gibt es Eis und Schnee, da ist es erfrischend und gut!«, sagte das Rentier. »Da läuft man frei herum in den großen schimmernden Tälern, da hat die Schneekönigin ihr Sommerzelt; aber ihr festes Schloss ist oben am Nordpol, auf jener Insel, die Spitzbergen heißt.«

»Ach Kay, lieber Kay!«, seufzte Gerda.

»Jetzt lieg aber still«, sagte das Räubermädchen, »sonst bekommst du das Messer in den Bauch!«

Am Morgen erzählte Gerda ihr alles, was die Waldtauben gesagt hatten, und das kleine Räubermädchen wurde sehr ernst, nickte jedoch mit dem Kopf und sagte: »Das macht nichts! Das macht nichts! – Weißt du, wo Lappland liegt?«, fragte sie das Rentier.

»Wer sollte das besser wissen als ich«, sagte das Tier, und seine Augen leuchteten. »Dort bin ich geboren und aufgewachsen, dort bin ich über das Schneefeld gelaufen.«

»Hör zu!«, sagte das Räubermädchen zu Gerda. »Wie du siehst, sind alle unsre Kerle weg, nur Mutter ist noch hier und bleibt auch hier. Aber gegen Morgen genehmigt sie sich einen Schluck aus der großen Flasche und macht danach ein Nickerchen – da werde ich etwas für dich tun!«

Dann sprang sie aus dem Bett, fiel ihrer Mutter um den Hals, zog sie am Schnurrbart und sagte: »Mein lieber guter Ziegenbock, guten Morgen!« Und die Mutter kniff sie in die Nase, dass sie rot und blau wurde, doch all das geschah aus lauter Liebe.

Als die Mutter dann aus ihrer Flasche getrunken hatte und ihr Nickerchen machte, ging das Räubermädchen zum Rentier und sagte: »Ich hätte riesige Lust, dich noch viele Male mit dem scharfen Messer zu kitzeln, dann bist du nämlich so lustig, aber das ist egal, ich will deinen Strick lösen und dir hinaus ins Freie helfen, damit du nach Lappland laufen kannst. Aber du musst die Beine in die Hand nehmen und mir dieses kleine Mädchen zum Schloss der Schneekönigin bringen, wo ihr Spielkamerad ist. Du hast ihre Erzählung wohl gehört, sie hat ja laut genug geredet, und du bist ein Horcher!«

Das Rentier tat einen Freudensprung. Das Räubermädchen hob die kleine Gerda hinauf und band sie vorsichtshalber fest, ja, sie gab ihr sogar ein kleines Kissen zum Sitzen. »Das macht nichts«, sagte sie, »da hast du deine Fellstiefel, es wird ja kalt. Aber den Muff behalte ich, der ist zu hübsch! Trotzdem sollst du nicht frieren. Hier hast du die großen Fausthandschuhe meiner Mutter, die reichen dir bis zum Ellenbogen, zieh sie an! – Jetzt siehst du an den Händen genauso aus wie meine abscheuliche Mutter.«

Und Gerda weinte vor Freude.

»Ich kann dein Geflenne nicht leiden!«, sagte das kleine Räubermädchen. »Du sollst jetzt gerade vergnügt aussehen! Und hier hast du zwei Brote und einen Schinken, damit du nicht hungerst.« Beides wurde dem Rentier aufs Hinterteil gebunden; das kleine Räubermädchen öffnete die Tür, lockte alle großen Hunde herein, und dann zerschnitt sie mit ihrem Messer den Strick und sagte zum Rentier: »Jetzt lauf! Aber gib gut auf das kleine Mädchen Acht!«

Und Gerda streckte ihre Hände in den großen Fausthandschuhen zu dem Räubermädchen aus und rief Leb wohl, und dann flog das Rentier davon, über Büsche und Baumstümpfe, durch den großen Wald, über Moore und Steppen, so schnell es konnte. Die Wölfe heulten, und die Raben schrien. »Fut! Fut!«, sagte es am Himmel, der aussah, als nieste er rot.

»Das sind meine alten Nordlichter!«, sagte das Rentier, »sieh, wie sie leuchten!« Und dann lief es noch schneller, Nacht und Tag. Die Brote wurden gegessen, der Schinken auch, und dann waren sie in Lappland.

## *Sechste Geschichte*
## Die Lappin und die Finnin

Sie hielten vor einem kleinen Haus, das zum Erbarmen aussah. Das Dach ging bis zur Erde, und die Tür war so niedrig, dass die Familie auf dem Bauch kriechen musste, wenn sie hinaus- oder hineinwollte. Hier war niemand außer einer alten Lappenfrau, die im Schein einer Tranlampe Fische briet. Das Rentier erzählte ihr Gerdas ganze Geschichte, doch zuerst seine eigene, denn die hielt es für sehr viel wichtiger, und Gerda war von der Kälte so mitgenommen, dass sie nicht sprechen konnte.

»Ach, ihr Armen, ihr Unglücklichen!«, sagte die Lappin, »da habt ihr noch weit zu laufen! Ihr müsst über hundert

Meilen tief nach Finnmarken, dort hat die Schneekönigin ihren Landsitz und zündet jeden Abend Blaulicht an. Ich werde ein paar Worte auf einen gedörrten Klippfisch schreiben, Papier habe ich nicht, den will ich euch für die Finnin da oben mitgeben, die kann euch besser Auskunft geben als ich.«

Und als sich Gerda nun aufgewärmt und gegessen und getrunken hatte, schrieb die Lappin ein paar Worte auf einen gedörrten Klippfisch, bat Gerda, gut darauf Acht zu geben, und band sie wieder auf dem Rentier fest, und das rannte los. »Fut! Fut!«, sagte es hoch oben in der Luft, wo die ganze Nacht die herrlichsten blauen Nordlichter brannten. – Und dann erreichten sie Finnmarken und klopften bei der Finnin an den Schornstein, denn die hatte nicht einmal eine Tür.

Bei ihr war es so heiß, dass sie fast nackt war; klein war sie und ziemlich schmuddelig. Weil die kleine Gerda die Hitze sonst nicht ausgehalten hätte, öffnete sie ihr sogleich die Kleider und zog ihr Fausthandschuhe und Stiefel aus, und das Rentier bekam ein Stück Eis auf den Kopf. Dann las sie, was auf dem Klippfisch geschrieben stand, sie las dreimal, bis sie es auswendig konnte, und steckte danach den Fisch in den Kochtopf, denn der war durchaus zu essen, und sie warf niemals etwas weg.

Nun erzählte das Rentier erst seine und dann Gerdas Geschichte, und die Finnin blinzelte mit ihren klugen Augen, blieb jedoch stumm.

»Du bist so klug«, sagte das Rentier, »ich weiß, dass du sämtliche Winde der Welt mit einem Zwirnsfaden zusammenbinden kannst. Löst der Schiffer den einen Knoten, bekommt er guten Wind, löst er den zweiten, weht es scharf, und wenn er den dritten und vierten löst, dann wird es so stürmisch, dass die Wälder umfallen. Willst du dem kleinen Mädchen nicht einen Trunk einflößen, damit sie Zwölfmännerstärke bekommt und die Schneekönigin überwinden kann?«

»Zwölfmännerstärke«, sagte die Finnin, »ja, das wird wohl viel nützen!« Und dann ging sie zu einem Regal, nahm ein großes Stück Leder und rollte es auseinander; merkwürdige Buchstaben waren darauf geschrieben, und die Finnin las, dass ihr der Schweiß von der Stirne troff.

Doch als das Rentier noch einmal ganz innig für die kleine Gerda Fürsprache einlegte und das Mädchen die Finnin so flehend und mit Tränen in den Augen ansah, begann diese wieder zu blinzeln, zog das Rentier in einen Winkel und flüsterte ihm etwas ins Ohr, wobei sie ihm frisches Eis auf den Kopf legte.

»Freilich ist der kleine Kay bei der Schneekönigin und glaubt, dies wäre der beste Teil der Welt, weil er alles nach Wunsch und Verlangen findet. Aber das ist nur deshalb, weil er einen Glassplitter ins Herz und ein Glaskörnchen ins Auge bekommen hat; die müssen erst heraus, sonst wird er nie wieder ein Mensch und bleibt in der Gewalt der Schneekönigin.«

»Aber kannst du der kleinen Gerda nicht etwas einflößen, dass sie Macht darüber gewinnt?«

»Ich kann ihr keine größere Macht verleihen, als sie schon hat. Siehst du denn nicht, wie groß die ist? Siehst du nicht, wie Menschen und Tiere ihr dienen müssen, wie es ihr gelungen ist, auf nackten Füßen so gut durch die Welt zu kommen? Nicht von uns soll sie von ihrer Macht erfahren, die trägt sie im Herzen, die hat sie, weil sie ein liebes, unschuldiges Kind ist. Wenn es ihr nicht aus eigener Kraft gelingt, bis zur Schneekönigin vorzudringen und den kleinen Kay von den Glassplittern zu befreien, dann können wir auch nicht helfen! Zwei Meilen von hier fängt der Garten der Schneekönigin an, dorthin kannst du das kleine Mädchen tragen und es dann an dem großen Busch, der im Schnee rote Beeren trägt, absetzen; mach kein langes Gerede und komm schnell wieder zurück!« Und dann hob die Finnin die kleine Gerda auf das Rentier, und das lief davon, was es nur konnte.

»Ach, ich habe meine Stiefel nicht an! Ich habe meine Fausthandschuhe nicht an!«, rief die kleine Gerda, als sie die schneidende Kälte spürte. Aber das Rentier wagte nicht anzuhalten, es lief bis zu dem großen Busch mit den roten Beeren; dort setzte es Gerda ab, küsste sie auf den Mund, wobei ihm große, blanke Tränen über die Wangen liefen, und dann rannte es mit großen Sätzen wieder zurück. Da stand die arme Gerda nun ohne Schuhe, ohne Handschuhe mitten in der furchtbaren, eiskalten Finnmark.

Sie lief weiter, so schnell sie konnte. Da kam ihr ein ganzes Regiment Schneeflocken entgegen, die jedoch nicht vom Himmel fielen, der ganz klar und leuchtend von Nordlichtern war, sondern auf der Erde entlangliefen und umso größer wurden, je näher sie kamen. Gerda konnte sich wohl an die großen, kunstvollen Schneeflocken erinnern, die sie durch das Brennglas gesehen hatte; aber diese hier waren viel größer und schrecklicher, sie waren lebendig, sie waren die Vorposten der Schneekönigin. Dabei hatten sie die seltsamsten Gestalten: Einige sahen wie große hässliche Igel aus, andere wie ganze Bündel von Schlangen mit erhobenen Köpfen und noch andere wie kleine dicke Bären mit gesträubtem Fell; alle waren glänzend weiß, alle waren lebendige Schneeflocken.

Da betete die kleine Gerda ihr Vaterunser, und die Kälte war so groß, dass sie ihren eigenen Atem sah, der ihr wie eine Rauchfahne vor dem Mund stand. Er verdichtete sich und formte sich zu kleinen hellen Engeln, die, als sie die Erde berührten, immer größer wurden und alle einen Helm auf dem Kopf und Speer und Schild in den Händen trugen. Sie vervielfachten sich, und als Gerda ihr Gebet beendet hatte, war sie von einer ganzen Legion umgeben.

Sie schlugen mit ihren Speeren auf die schrecklichen Schneeflocken ein, dass sie in hundert Stücke zersprangen, und die kleine Gerda ging ganz sicher und furchtlos weiter. Die Engel streichelten ihre Füße und Hände, da empfand sie die Kälte weniger und ging beherzt auf das Schloss der Schneekönigin zu.

Aber nun wollen wir erst einmal sehen, wie es um Kay steht. Er hatte die kleine Gerda vollkommen vergessen, und zuallerletzt stellte er sich vor, dass sie das Schloss erreicht hatte.

## *Siebente Geschichte*
## Was im Schloss der Schneekönigin geschehen war und was dann geschah

Das Schloss hatte Wände aus stiebendem Schnee und Fenster und Türen aus schneidenden Winden. Je nachdem, wie der Schnee stiebte, gab es über hundert Säle, deren größter sich viele Meilen weit erstreckte, alle von kräftigen Nordlichtern erhellt, und sie waren so groß, so leer, so eisig kalt und so schimmernd. Niemals gab es hier eine Lustbarkeit, nicht einmal so viel wie einen kleinen Bärenball – da hätte der Sturm aufblasen, die Eisbären hätten auf den Hinterbeinen laufen und feine Manieren zeigen können –, niemals eine kleine Spielgesellschaft mit Maulschellen und Tatzenschlag, niemals einen kleinen Kaffeeklatsch der weißen Fuchs-Fräulein; leer, groß und kalt war es in den Sälen der Schneekönigin. Die Nordlichter flammten so genau, dass man sich ausrechnen konnte, wann sie den höchsten und wann den tiefsten Punkt erreichten. Mitten in dem leeren, unendlichen Schneesaal lag ein zugefrorener See. Sein Eis war in tausend Stücke geborsten, doch jedes Stück glich so genau dem anderen, dass es ein ganzes Kunstwerk war, und mitten darauf saß die Schneekönigin, wenn sie zu Hause war, und dann sagte sie, sie sitze im Spiegel des Verstandes, und der sei der einzige und beste auf dieser Welt.

Der kleine Kay war vor Kälte ganz blau, ja fast schwarz, aber das spürte er nicht, denn die Schneekönigin hatte ihm den Frostschauer ja weggeküsst, und sein Herz war so gut wie ein Eisklumpen. Er schleppte ein paar scharfe, flache Eisstücke hin und her und legte sie in allen möglichen Mustern, denn er wollte einen Gewinn daraus haben – das war wie unser Spiel, das wir das chinesische nennen, bei dem wir Figuren aus kleinen Holzstücken legen. Auch Kay legte mit seinen Stücken Figuren, und zwar die allerkunstvollsten, das war das Eisspiel des Verstandes. Sie kamen ihm ganz vorzüglich und von allerhöchster Wichtigkeit vor, das bewirkte das Glaskorn, das ihm im Auge saß. Er legte ganze Figuren, und immer war es ein geschriebenes Wort, doch nie brachte er jenes Wort zustande, das er gern schreiben wollte, nämlich das Wort Ewigkeit. Die Schneekönigin hatte ihm gesagt: »Kannst du mir diese Figur herausbekommen, dann sollst du dein eigener Herr sein, und ich will dir die ganze Welt und ein Paar neue Schlittschuhe schenken.« Aber er schaffte es nicht.

»Jetzt fliege ich davon«, sagte die Schneekönigin, »ich will in die warmen Länder und in die schwarzen Töpfe gucken!« – Das waren die Feuer speienden Berge, Aetna und Vesuv, wie man sie nennt. – »Ich werde sie ein wenig weißen! Das gehört dazu, das wird den Zitronen und Weintrauben gut tun.« Und dann verschwand sie, und Kay saß ganz allein in dem leeren, viele Meilen großen Eissaal und sah die Eisstücke an und dachte so heftig, dass es in ihm knackte, ganz steif und still saß er da, man hätte meinen können, er sei erfroren.

Da geschah es, dass die kleine Gerda durch das große Schlosstor trat, das aus schneidenden Winden bestand; doch als sie ein Abendgebet gesprochen hatte, legten sie sich, als wollten sie schlafen, und nun ging Gerda durch die großen, leeren, kalten Säle. – Da erblickte sie Kay, sie erkannte ihn, flog ihm um den Hals, hielt ihn ganz fest und rief: »Kay! Lieber kleiner Kay! Jetzt habe ich dich gefunden!«

Doch er blieb ganz still, steif und kalt sitzen – die kleine Gerda weinte heiße Tränen, sie fielen ihm auf die Brust, sie drangen ihm ins Herz, sie tauten den Eisklumpen auf und verzehrten darin das Spiegelstückchen. Er sah Gerda an, und sie sang den Choral:

»Die Rosen sind voller Blüten,
Das Jesuskind wird uns behüten!«

Da brach Kay in Tränen aus; er weinte so sehr, dass er sich dabei den Spiegelsplitter aus dem Auge spülte. Da erkannte er sie und jubelte: »Gerda! Liebe kleine Gerda! – Wo bist du nur so lange gewesen?« Und er blickte sich um. »Wie kalt es hier ist! Wie leer und einsam!« Und er hielt sich an Gerda fest, und sie lachte und weinte vor Freude. Das war so wunderbar, dass selbst die Eisstückchen vor Freude tanzten, und als sie müde waren und sich niederlegten, da formten sie gerade jenes Wort, von dem die Schneekönigin gesagt hatte, er solle es finden, dann sei er sein eigener Herr, und sie würde ihm die ganze Welt und ein Paar neue Schlittschuhe schenken.

Und Gerda küsste seine Wangen, und sie wurden blühend; sie küsste seine Augen, und sie leuchteten wie ihre; sie küsste ihm Hände und Füße, und er war gesund und munter. Die Schneekönigin mochte nur heimkehren: Sein Freibrief war mit schimmernden Eisstückchen geschrieben.

Und sie nahmen sich bei den Händen und verließen das große Schloss. Sie sprachen von der Großmutter und von den Rosen auf dem Dach; und wo sie gingen, legten sich die Winde, und die Sonne brach hervor; und als sie den Busch mit den roten Beeren erreichten, wurden sie von dem Rentier schon erwartet. Es hatte ein zweites junges Ren dabei, mit prallem Euter, und das gab den Kindern seine warme Milch zu trinken und küsste sie auf den Mund. Dann wurden Kay und Gerda von den Renen zuerst zur Finnin getragen, wo sie sich in der heißen Stube aufwärmten und die Heimreise erklären ließen, und dann zur Lappin, die ihnen indessen neue Kleider genäht und ihren Schlitten instand gesetzt hatte.

Und beide Rene, das alte und das junge, liefen neben ihnen her und begleiteten sie bis zur Landesgrenze, wo das erste Grün hervorguckte. Dort nahmen Gerda und Kay vom Rentier und von der Lappin Abschied. »Auf Wiedersehen!«, sagten alle. Und die ersten Vöglein begannen zu zwitschern, die Bäume trugen grüne Knospen, und aus dem Wald kam auf einem prächtigen Pferd, das Gerda kannte (es hatte die goldene Kutsche gezogen), ein junges Mädchen geritten, mit einer leuchtend roten Mütze auf dem Kopf und Pistolen vor sich. Das war das kleine Räubermädchen, das nicht mehr zu Hause bleiben mochte und nun zuerst nach Norden und dann in eine andere Richtung wollte, falls ihr das keinen Spaß machte. Sie erkannte Gerda sofort, und Gerda erkannte sie – das war eine Freude!

»Du hast dich ja ganz schön herumgetrieben!«, sagte sie zu dem kleinen Kay. »Ich möchte wohl wissen, ob du's verdienst, dass man bis ans Ende der Welt für dich rennt!«

Aber Gerda streichelte ihr die Wange und fragte nach dem Prinzen und der Prinzessin.

»Die sind in ferne Länder gereist«, sagte das Räubermädchen.

»Und die Krähe?«, fragte die kleine Gerda.

»Ja, die ist gestorben«, antwortete sie. »Die zahme Liebste ist nun Witwe und trägt ein Stückchen schwarzen Wollfaden am Bein; sie jammert ganz erbärmlich, und das ist alles Unsinn! – Aber erzähl mir jetzt, wie es dir ergangen ist und wie du ihn erwischt hast!«

Und Gerda und Kay erzählten zusammen.

»Und Schnipp-schnapp-schnurre-basselurre!«, sagte das Räubermädchen, nahm sie bei den Händen und versprach ihnen, sie zu besuchen, falls sie einmal durch ihre Stadt kommen sollte, und dann ritt sie in die weite Welt hinaus.

Doch Kay und Gerda gingen Hand in Hand weiter, und auf einmal war schönster Frühling mit Blumen und Grün. Die Kirchenglocken läuteten, und sie erkannten die hohen Türme, die große Stadt, es war ihre Stadt, und sie gingen hinein und durch Großmutters Tür, die Treppe hinauf und in die Stube, wo alles genauso war wie zuvor und die Uhr »Tick! Tack!« sagte und der Zeiger sich drehte.

Doch während sie durch die Tür gingen, bemerkten sie, dass sie erwachsene Menschen geworden waren. Die Rosen von der Dachrinne blühten bis in die offenen Fenster, und da standen die kleinen Kinderstühle, und Kay und Gerda setzten sich jeder auf seinen und hielten sich bei den Händen. Sie hatten die kalte, leere Pracht der Schneekönigin wie einen schweren Traum vergessen. Die Großmutter saß in Gottes hellem Sonnenschein und las aus der Bibel vor: »Wenn ihr nicht wie die Kinder werdet, so werdet ihr nicht in das Himmelreich kommen!« Und Kay und Gerda schauten sich in die Augen, und auf einmal verstanden sie den alten Choral:

»Die Rosen sind voller Blüten,
Das Jesuskind wird uns behüten!«

Da saßen sie beide als Erwachsene und doch als Kinder, Kinder im Herzen, und es war Sommer, der warme, segensreiche Sommer.

*Hans Christian Andersen*

# Die Heiligen Drei Könige als Paten

Das ist schon lange her, da streiften die Heiligen Drei Magier (Könige) durch die Welt auf der Suche nach dem Jesuskind. Sie gingen von Dorf zu Dorf, schauten in alle Häuser hinein, wo es ein Neugeborenes gab, sagten: »Nein, das ist es nicht«, und wanderten wieder weiter.

Als sie so herumzogen, kamen sie eines Abends zu einem allein stehenden Haus. Das Haus war halb verfallen – aber was willst du machen? Weit und breit gab es kein anderes – und so legten sie sich zum Schlafen in das verfallene Haus.

Um Mitternacht hörten sie ein Weinen wie von einem kleinen Kind. Da wachten sie auf, und der Älteste von ihnen sagte: »Weint da nicht ein kleines Kind?« – »Du Narr«, schimpft ihn der Zweite, »wo soll denn hier in der Einsamkeit ein Kind herkommen?«

Und sie schliefen wieder ein. Aber nach einer Weile hörten sie wieder ein Kind weinen und wachten auf. Und der Älteste sagt wieder: »Ich meine, da weint irgendwo ein kleines Kind.« – »Du musst dich täuschen«, sagt der Mittlere, »wie soll denn ein kleines Kind hierher kommen? Es wird der Wind gewesen sein.«

Nun, die drei Burschen drehen sich um und schlafen wieder ein. Aber nach einer Weile hört man wieder ein Kind weinen. Der Ältere und der Mittlere haben sich nicht darum gekümmert, denn sie haben geglaubt, dass es der Wind ist, aber der Jüngste ist aufgestanden und hat zu suchen angefangen! Suche du dort, dann suche ich hier! Und nach einiger Zeit hat er mitten im Stroh ein kleines Kind gefunden, das war in einen Fetzen gewickelt und weinte sehr.

Der Jüngste nimmt das Kind, trägt es dorthin, wo die andern beiden schlafen, weckt sie und sagt: »He, Brüder, seht einmal, was ich gefunden habe!«

Die beiden andern wischen sich den Schlaf aus den Augen und staunen: »Richtig, ein kleines Kind! Zeig her!«

Und wie sie es aus den Windeln wickeln, sehen sie, dass es ein Mädchen ist. »Brüder«, sagt der Älteste voller Freude, »Brüder«, sagt er, »wir haben eine kleine Schwester gefunden.« – »Die wollen wir mitnehmen!«, sagt der Mittlere. »Ich werde sie tragen!«, sagt der Jüngste. Und weil er sie gefunden hatte, hat man sie ihm anvertraut.

Nun war es gut, dass die drei Magier waren, sonst wäre das Mädchen elendiglich umgekommen. Aber sie hatten eine Kürbisflasche, die war immer voll Wein, und nun machten sie, dass aus dem Wein Milch wurde, das war leicht für sie. Und mit der Milch haben sie das Mädchen getränkt.

»Nun müssen wir in eine Stadt gehen«, sagt der Älteste, »und unserer Schwester Kleider kaufen.« – »Das müssen wir«, sagt der Mittlere. »Aber vorher müssen wir unsere Schwester taufen!«, sagt der Jüngste.

Sie sind also so lange gegangen, bis sie zu einer Quelle gekommen sind, da haben sie die Kleine aufgewickelt und getauft, und sie geben ihr den Namen Maria.

Dann sind sie weitergewandert, haben in der Stadt Kleider gekauft, haben das Mädchen schön angezogen. Ein ganzes Jahr sind sie so gewandert.

Eines Tages aber sagt der Älteste: »Brüder, nun kommen wir bald ins Heilige Land. Und wie ihr wisst, gibt es dort einen schlimmen König; der wird bald alle kleinen Kinder umbringen lassen, kurz nachdem wir das Jesuskind gefunden haben.« – » Ja«, sagt der Mittlere, »so steht es in den Sternen.« – »Soll ich vielleicht mit unserer Schwester hier bleiben und auf euch warten?«, fragt der Jüngste. »Nein«, sagt der Älteste, »was würden der heilige Josef und die heilige Maria denken, wenn wir nur zu zweit kämen? Du musst mitgehen. Wir werden das Kind bei guten Leuten lassen.«

Und in der nächsten Stadt haben sie die Sterne befragt, wer die besten Menschen seien. Und die Sterne haben ihnen geantwortet: »Die Ärmsten.«

Da sind sie zu einem kleinen Häuschen gegangen, in dem ein Mann und eine Frau mit sieben Kindern lebten. Die waren bettelarm, aber ebenso gut waren sie wie arm.

Und der Älteste hat zu dem Mann und der Frau gesagt: »Gute Leute, wir drei Brüder müssen in ein Land ziehen, wo ein böser König regiert, der keine kleinen Kinder mag. Da wollen wir unsere kleine Schwester nicht mitnehmen. Könntet ihr sie hier behalten?« – »Aber freilich wollen wir«, sagte der Mann und die Frau, »wo neun Mäuler genug Futter finden, wird auch das zehnte nicht verhungern.« – »Gut«, sagt der Älteste, »ihr braucht nicht zu hungern, denn ich werde euch genug Geld dalassen.«

Und damit zieht er den Beutel heraus, in dem er das Gold für das Jesuskind hat, und er gibt ihnen eine Goldmünze, und das ist mehr Geld, als die beiden armen Leute je gesehen haben.

»Habt keine Sorge!«, sagt der Mann, »meine Frau und ich werden auf eure Schwester aufpassen als wäre es unser eigenes Kind.« Da hat ihnen der Jüngste seine Schwester ausgehändigt und hat gesagt: »Sie heißt Maria, und getauft ist sie schon.« – »Das ist recht«, hat die Frau gesagt und nimmt ihm das Mädchen ab.

So ist Maria bei den armen Leuten geblieben, und die Heiligen Drei Könige sind weitergewandert. Nun war es aber noch ein weiter Weg ins Heilige Land. Und als sie dort waren, sind sie zwei Jahre geblieben, und dann sind sie in eine andere Richtung weitergezogen, weil sie Angst gehabt haben, dass der böse König sie verfolgen lässt. Und so ist es gekommen, dass sie sehr lange weg gewesen sind.

Während dieser Zeit wuchs Maria heran, und sie wurde ein außerordentlich hübsches Mädchen.

Nun muss man wissen: in dem Lande, in dem die armen Leute mit Maria wohnten, gab es einen König, der hatte einen Sohn, aber der Sohn war verzaubert. Ein Dämon wohnte in ihm. Und sooft der Königssohn eine Frau heimführte: in der Brautnacht schlüpfte der Dämon durch den Mund des Königssohns aus ihm heraus, tötete die Braut und fraß ihr Herz.

Bald aber war die Geschichte bekannt geworden, dass die Bräute des Königssohns immer während der Hochzeitsnacht starben, und niemand mehr wollte den Königssohn heiraten, obwohl der König sehr viel Geld versprach, wenn ein Mädchen seinen Sohn heiraten werde.

Die armen Leute aber, bei denen Maria lebte, hatten das Geld ausgegeben, das ihnen der Älteste von den Heiligen Drei Königen gegeben hatte. Und sie litten große Not. Der Mann fand keine Arbeit, und er musste Schulden machen, um die sieben Kinder und Maria ernähren zu können.

Als nun Maria hörte, dass der König viel Geld derjenigen versprochen hatte, die seinen Sohn heiraten würde, sagte sie zu dem Mann: »Vater«, sagte sie, »wie wäre es, wenn ich den Königssohn heiratete? Dann hättet ihr ausgesorgt, könntet alle Schulden bezahlen, euch ein neues Haus kaufen und alle meine Schwestern wohl versorgen.« – »Nein«, sagte der arme Mann, »das werde ich niemals tun. Was würden deine Brüder sagen, wenn sie zurückkämen?«

Aber die Gläubiger wollten ihr Geld wiederhaben, und da es der arme Mann nicht zahlen konnte, ließen sie ihn ins Gefängnis werfen.

Nun ging Maria zu der Frau und sagt: »Mutter, lass mich zum König gehen und ihm sagen, dass ich seinen Sohn heiraten will. Dann kannst du von dem Geld den Vater auslösen, kannst alle Schulden zahlen, ein neues Haus kaufen und meine Schwestern wohl versorgen.« – »Nein«, sagt die Frau, »es geht nicht. Wir haben deinen Brüdern versprochen, dass wir dich wie ein eigenes Kind behandeln wollen, und glaubst du, wir würden eines unserer Kinder verkaufen, damit der Dämon es tötet?«

Und da die Schulden nicht bezahlt wurden, ließen die Gläubiger auch die Mutter verhaften und ins Gefängnis werfen.

Da wollte Maria nicht länger warten. Sie sagt zu ihrer jüngsten Schwester: »Komm mit!« Und sie geht mit ihr zum Palast des Königs.

Als der König Maria sieht, ist er ganz betroffen: so ein schönes Mädchen hat er noch nicht gesehen. Gern würde er Maria als Schwiegertochter haben. Und auch der Königssohn, der selbst auch ein hübscher Bursche ist – er kann ja nichts dafür, dass ein Dämon in ihm ist, böse Menschen haben ihn verwünscht –, verliebt sich sogleich in Maria. Und der König zahlt die doppelte Mitgift, die er sonst zu zahlen pflegt. ›Vielleicht schafft es diese?‹, denkt er sich, ›der Fluch muss doch irgendwann verschwinden.‹ Aber in Wirklichkeit steht es schlimm für Maria, denn der Dämon wartet bereits auf sein nächstes Opfer.

Man bereitet die Hochzeit vor, aber in der ganzen Stadt herrscht keine Freude. Was sag ich? Trauer herrscht und Klagen.

Am Hochzeitsmorgen kommen die Heiligen Drei Könige zurück. Aber das halb verfallene Haus, in dem der arme Mann mit den sieben Kindern lebte, und in dem sie Maria zurückgelassen haben, steht leer.

»Wohin sind die Leute hier gezogen?«, fragt der Älteste die Nachbarn.

Man sagt: »Sie haben sich ein neues Haus gekauft, aber sie haben keine Freude daran, denn Maria will den Königssohn heiraten, und in der Brautnacht wird der Dämon sie töten.«

Da gehen die drei Brüder zu den armen Leuten, die nun in einem schönen Haus wohnen. Aber sie weinen und weinen, diese armen Menschen, denn sie haben Maria alle sehr lieb.

»Hört auf zu weinen!«, sagt der Älteste von den Heiligen Drei Königen. »Aber wisst ihr denn nicht, was sich zugetragen hat?«, fragt der Vater, »die ganze Stadt weiß es. Und ich hätte das nie zugelassen, wenn ich nicht im Gefängnis gesessen hätte.« – »Ich auch nicht!«, sagt die Frau.

»Gute Leute, beruhigt euch und hört auf zu weinen! Wir werden unserer Schwester schon helfen!«

Es wird Abend. Man führt das Brautpaar in sein Zimmer. Und als die Leute hinausgegangen sind, sagt der Königssohn: »Legen wir uns ins Bett!« – »Nein«, sagt Maria, »ich gehe nicht, solange noch Leute da sind. Dort stehen ja noch drei Männer.« – »Wo?« – »Dort!« – »Ich sehe niemand«, sagt der Königssohn.

Die Heiligen Drei Könige stehen dort, sie machen Maria ein Zeichen. Sie soll sich ruhig hinlegen. Da verliert Maria alle Angst und wird ganz ruhig. Sie legt sich ins Bett und der Königssohn auch. Kaum hat der Königssohn sich hingelegt und will etwas sagen, da fährt der Dämon aus seinem Mund. Da ist der Dämon! Er will das Mädchen töten. Da ist der Älteste von den drei Brüdern, er packt den Dämon bei den Haaren. Er zermalmt ihn zu Staub.

Da sind der Mittlere und der Jüngere! Der Mittlere nimmt ein Messer und schneidet dem Königssohn den Bauch auf.

Der ganze Leib ist voll von Würmern. Der Jüngste kratzt den ganzen Leib aus und zertritt die Würmer am Boden. Der Mittlere näht den Bauch wieder zu und bestreicht ihn mit einer Salbe. Der Älteste bläst ihm zur Nase hinein.

Da setzt sich der Königssohn auf und sagt: »Brrr! Schrecklich habe ich geträumt!« – »Du hast nicht geträumt«, sagt seine Frau, »hier diese drei Männer haben den Dämon getötet und dich geheilt.« – »Wo kommt ihr denn her?«, fragt der Königssohn. »Weißt du«, sagt der Älteste, »wir sind Brüder deiner Frau und erst heute hier angekommen.« – »Ihr habt uns gerettet!«

Dann haben sie angefangen, ein frommes Lied zu singen. Der König hört den Gesang und läuft, so schnell er kann, in jenes Zimmer. Da sind drei Männer und der Bräutigam und die Braut, und alles freut sich.

Am nächsten Morgen aber hat man nochmals ein großes Fest begangen und bis in die Nacht hinein getanzt. Und auch später hat man diesen Brauch beibehalten, am Tage der Heiligen Drei Könige zu tanzen.

*Ein Märchen aus Mexiko*

# Quellen

Die hier versammelten Märchen folgen weitgehend den Fassungen, die im nachstehenden Quellenverzeichnis angegeben sind. Orthographie und Interpunktion wurden gemäß der Neuen Rechtschreibung aktualisiert.

*Knecht Ruprecht:* Theodor Storm: Unterm Tannenbaum. Drei Weihnachtserzählungen und vier Advent-Gedichte, Berlin: Deutsche Buchgemeinschaft 1931

*Vom Väterchen Nikolaus:* Legendenmärchen aus Europa. Hg. v. Felix Karlinger u. Bohdan Mykytiuk. Düsseldorf/Köln: Diederichs 1967. S. 207f.

*Nikolaus der Wundertäter:* Russische Volksmärchen. Hg. v. Friedrich von der Leyen u. Paul Zaunert, übers. v. August von Löwis of Menar. Jena: Diederichs 1914. S. 257–261

*Das Nikolausgeschenk:* Friesische Märchen. Hg. u. übers. v. Jurjen van der Kooi u. Babs A. Gezelle Meerburg. München: Diederichs 1990. S. 183f.

*Advent:* Rainer Maria Rilke: Erste Gedichte, Leipzig: Insel 1913

*Der Tannenbaum:* Hans Christian Andersen: Märchen und Geschichten. Hg. u. übers. v. Gisela Perlet. 2 Bde. München: Diederichs 1996. Bd. 1, S. 182–192

*Weihnachtslied:* Theodor Storm: Unterm Tannenbaum. Drei Weihnachtserzählungen und vier Advent-Gedichte, Berlin: Deutsche Buchgemeinschaft 1931

*Eine Weihnachtsgeschichte:* Legendenmärchen aus Europa. Hg. v. Felix Karlinger u. Bohdan Mykytiuk. Düsseldorf/Köln: Diederichs 1967. S. 271–277

*Der Weihnachtssohn:* Reimund Kvideland/Hallfredur Örn Eiriksson: Norwegische und Isländische Volksmärchen. Berlin: Akademie Vlg. 1988. S. 131–135

*Die Geschichte vom weißen Lamm:* Märchen aus Schottland. Ges. u. hg. v. Hannah Aitken u. Ruth Michaelis-Jena. Düsseldorf/Köln: Diederichs 1965. S. 223–227

*Sigrid, die Sonne des Inselfjords:* Isländische Volksmärchen. Übers. v. Hans u. Ida Naumann. Jena: Diederichs 1923. S. 194–204

*Die grüne Feige:* Adalbert Kuhn: Sagen, Gebräuche und Märchen aus Westfalen (und einigen anderen besonders der angrenzenden Gegenden Norddeutschlands). Leipzig 1859. S. 226–229

*Das kleine Mädchen mit den Schwefelhölzern:* Hans Christian Andersen: Märchen und Geschichten. Hg. u. übers. v. Gisela Perlet. 2 Bde. München: Diederichs 1996. Bd. 1, S. 283–286

*Weißröschen und Rosenrot:* Schweizer Volksmärchen. Hg. v. Robert Wildhaber u. Leza Uffer. Köln: Diederichs 1971. S. 102f.

*Die Unterirdischen:* Märchen und Sagen des estnischen Volkes. Übers. v. Harry Jannsen. Riga/Leipzig 1888. S. 96–105

*Der Schneeriese:* Die schönsten Märchen der Welt für 365 und einen Tag. Hg. v. Lisa Tetzner. 2 Bde. Jena: Diederichs 1926. 12. Dezember

*Von den zwölf Monaten:* Joseph Wenzig: Westslawischer Märchenschatz. Leipzig. 1857. S. 20–26

*Die Jahreszeiten:* Provenzalische Märchen. Hg. u. übers. v. Felix Karlinger u. Gertrude Gréciano. Düsseldorf/Köln: Diederichs 1974. S. 106–109

*Schneeflöckchen:* Ernst Moritz Arndt: Ernst Moritz Arndts Märchen und Jugenderinnerungen, Bd. i, München/Leipzig: Georg Müller 1913

*Frau Holle und der treue Eckart* (Auszug): Deutsche Sagen. Ges. v. d. Brüdern Grimm. Erzählt von R. Münchgesang. Reutlingen: Enzlin und Laiblins Verlagsbuchhandlung 1920. S. 9

*Der alte Erik in der Mühle:* Schwedische Volksmärchen. Hg. u. übers. v. Kurt Schier. Düsseldorf/Köln: Diederichs 1971. S. 196–198

*Der Schneemann:* Hans Christian Andersen: Märchen und Geschichten. Hg. u. übers. v. Gisela Perlet. 2 Bde. München: Diederichs 1996. Bd. 2, S. 141–147

*Die Schneekönigin:* Hans Christian Andersen: Märchen und Geschichten. Hg. u. übers. v. Gisela Perlet. 2 Bde. München: Diederichs 1996. Bd. 1, S. 192–229

*Die Heiligen Drei Könige als Paten:* Märchen aus Mexiko. Hg. u. übers. v. Felix Karlinger u. Maria Antonia Espadinha. Düsseldorf/Köln: Diederichs 1978. S. 145–151

# Inhalt der CD

*Die Märchen werden gelesen von Uwe Friedrichsen*

1 · Knecht Ruprecht
*Theodor Storm · 2 Min. 23 Sek.*

2 · Die Geschichte vom weißen Lamm
*Aus Schottland · 8 Min. 07 Sek.*

3 · Das Nikolausgeschenk
*Aus Friesland · 2 Min. 22 Sek.*

4 · Nikolaus der Wundertäter
*Aus Russland · 10 Min. 36 Sek.*

5 · Weißröschen und Rosenrot
*Aus der Schweiz · 4 Min. 44 Sek.*

6 · Advent
*Rainer Maria Rilke · 0 Min. 43 Sek.*

7–10 · Der Tannenbaum
*Hans Christian Andersen · 24 Min. 22 Sek.*

11 · Weihnachtslied
*Theodor Storm · 1 Min. 06 Sek.*

12–14 · Eine Weihnachtsgeschichte
*Aus Schweden · 17 Min. 22 Sek.*

15 · Das kleine Mädchen mit den
Schwefelhölzern
*Hans Christian Andersen · 8 Min. 00 Sek.*